BANB

斑 斑

宋焕梅 著

山西出版传媒集团 山西人民出版社

图书在版编目（CIP）数据

斑斑 / 宋焕梅著. — 太原：山西人民出版社，
2025.5　ISBN 978-7-203-13695-8

Ⅰ. I247.5

中国国家版本馆CIP数据核字第2025NU4080号

斑斑

著　　者：宋焕梅
责任编辑：吴春华
复　　审：吕绘元
终　　审：武　静
装帧设计：赵　冬

出 版 者：山西出版传媒集团·山西人民出版社
地　　址：太原市建设南路21号
邮　　编：030012
发行营销：0351-4922220　4955996　4956039　4922127（传真）
天猫官网：https://sxrmcbs.tmall.com　电话：0351-4922159
E－mail：sxskcb@163.com　发行部
　　　　　sxskcb@126.com　总编室
网　　址：www.sxskcb.com

经 销 者：山西出版传媒集团·山西人民出版社
承 印 厂：山西省教育学院印刷厂

开　　本：787mm×1092mm　　1/16
印　　张：10.75
字　　数：170千字
版　　次：2025年5月　第1版
印　　次：2025年5月　第1次印刷
书　　号：ISBN 978-7-203-13695-8
定　　价：58.00元

如有印装质量问题请与本社联系调换

目录

第一章　酒吧失踪

　　人啊，但凡认识几个字，抑或大字不识，都难免会胡思乱想。人嘛，阴天想烦心事，晴天想高兴事，倒也符合常理。就怕这样一类人：他们晴天嫌热，雨天嫌冷，难以伺候！所以老话说：风雨两头线，一头连着天，一头扯着心。天，你够不着；心，你摸不透。连天的，必然用粗线，拽着老天电闪雷鸣、张牙舞爪；连心的，用细线，钻皮破肚，撕心裂肺、死去活来。

　　既然天和心是相连的，我们不妨接着再说上几句。都说老天爷不睁眼，其实真是冤枉老天爷了，它一直都睁着眼呢，是你自己闭眼了！你闭眼干的那些事，老天爷可是一清二楚。再说说人心，都说人心难测，怎么测？你都没有走进人心，总不能让一颗热心去贴你的冷屁股吧？所以说，人在做天在看，亏心事做多了，喝凉水都能噎死人。

　　因此，我们还是摸着良心过日子吧，踏实！

　　乌云还是来了，被那粗线拽着，吞没了傍晚仅存的一点亮光。它如排山倒海般席卷而至，风也突兀地嚎叫起来，所有与黑夜有关的东西都变得狰狞起来。

　　一道刺眼的闪电，如刀似剑，划破乌云，随着一声闷雷在头顶上炸开，惊得行人抱头捂耳、四处躲闪。豆大的雨点噼里啪啦地砸下来，人们喊着叫着，在雨中狂奔。眨眼工夫，喧嚣的街道顿时冷清了下来，任由狂风暴雨在黑夜中肆虐。

一个黑影在闪电中变得瘦长，被风拉扯得弯曲变形，他颤抖着、摇曳着，如幽灵一般。周班就这样漫无目的地在街上走着，任由狂风卷着雨点撕扯着头发、砸在脸上、钻进脖颈，流到嘴里的水，又咸又涩，分不清雨水、泪水，而周班的心被那细线扯着，渗出一滴滴血珠。

店铺大都上了锁，雨点酒吧闪着忽明忽暗的光，周班推门而入。

服务生迎上来，说道："先生，很抱歉，天气不好，我们要关门了。您明天再来吧！"周班踉跄着，扒拉开服务生，一屁股跌坐到椅子上，双手按住吧台，雨水便滴滴答答地落在吧台上。周班发出急促的喘息声："呼！呼！呼！呼！"，显得三分落寞、七分寂寥。

周班用力闭合眼睛，吞了一口唾沫，像是在自语："一杯白酒！"

领班疾步过来，说道："先生，对不起，我们要关门了。"

"白酒！"啪的一声，周班一巴掌拍到吧台上。

领班摇头，示意服务生递了一杯酒给周班。白酒在周班手中剧烈晃动着，他猛地一仰脖将酒倒进嘴里，顿时被呛红了脸，连连咳嗽。酒杯滚落到吧台上，在即将掉落的一瞬间被服务生伸手接住。周班由咳嗽渐渐变成抽噎，索性摊开双臂趴到吧台上，浑身颤动着，雷雨声淹没了他的哭泣声，却将他心中的苦涩用力撕开。

又一声炸雷，周班猛地坐起来，喘着粗气道："再、再来一杯！"

"先生，明天再来吧！刚才这杯给您免单了。"

"不，我要酒，酒！我的云点儿！我的点儿，酒！"周班开始胡言乱语。

一阵斜风，雨点拼命敲打着玻璃，仿佛要破窗而入。门唰的一下被推开了，一个身影裹着凉风、夹着水汽直奔吧台，哐当一声，挨着周班坐下。

领班一怔，看清了来人，小跑过去。"郑老板，您来了！老规矩，红酒三杯？"不等应答，服务生端来三杯红酒。郑言左手抹了一把脸上的雨水，右手抄起一杯，一饮而尽，连干三杯。

"再来！"喘了口气，郑言晃晃头，精致的短发顶着雨珠，流到脸上，雨珠便像长了脚般沿着稀疏的胡茬肆意游走。

三杯红酒又端了上来。郑言一手举杯，另一手朝领班比画，领班会意，赶忙递上一根烟。一手烟，一手酒，郑言胳膊支在吧台上道："酒，点烟。"领班打着火，凑过去，却被郑言一口吹灭。"酒，点，酒酒。"嘴里反复絮叨着。

领班看着落汤鸡般的两个人，叹气摇头。"刘哥，快看，又有人来了！"果然，门玻璃上有人影晃动，只不过，这次他没有推门而入。

"是老傻！"就是那个整天翻垃圾桶的傻子，人们都叫他"老傻"。

雨越下越大，门外的老傻仿佛被拍扁了，紧紧贴在门上。

"去开门让他进来避避雨吧！"被叫作刘哥的领班有些不忍。

服务生迟疑着。

"快点儿！"

服务生踌躇着走过去，拉开一扇门，冷风裹着雨水灌进来，噎得人开不了口。服务生只好冲着老傻比画，示意他进屋。老傻早已成了水人，麻木地摇摇头，服务生啪的一下关了门。

吧台旁的两人继续絮叨，"酒——点儿——酒酒"、"酒——点儿——酒酒"。外边的风雨依旧呼啸，玻璃上的人影越来越模糊。

时间仿佛静止了。

领班忽然气恼了，冲到门口，双手用力拉开两扇门，老傻一个趔趄跌进屋里，刘哥快步闪到一旁，地面上立刻泥污一片。

服务生也来了脾气，噌噌几步到了老傻跟前，怒道："你看看，你看看，几点了？你这个傻子还到处乱跑？"

"抬头，看看表，几点了，看看！"

大概是这个风雨交加的夜晚，勾起了太多人的烦心事，服务生朝老傻一遍遍地质问着。

老傻愣了一会儿，待脸上的雨水不再阻挡视线后，便随手捋了一下脏兮兮的长发，认真看起墙上的钟表，突然咧开嘴出声："九点，九，九。"他吭吭哧哧地重复着，唯恐服务生听不到。

屋里还算正常的两个人同时看向钟表，果然九点多了，这老傻并不傻呀！

于是，小小的酒吧里出现了三个声音：酒点儿酒酒、酒点酒酒、九点九九。

周班、郑言、老傻三个人反复念叨着，渐渐地竟然合了拍，节奏出奇地一致，他们一起喊出"酒点酒酒"，且一遍又一遍重复着。领班和服务生听着听着，仿佛进入了一个魔咒，竟然开始迷茫，不知所云，不知所措，甚至不知身在何处，不知今夕何年，恍恍惚惚，直愣愣地盯着三人。

门外的风雨声似乎小了，钟表"嗒、嗒、嗒、嗒"的声音异常清晰。当钟表的指针转到九点九分九秒时，三个人正好喊出"九点九九"，突然一声霹雳，门玻璃噼里啪啦地碎了一地，三道闪电由门而入，直奔周班、郑言、老傻。三个人竟然都不见了！

过了许久，领班和服务生才回过神来，四处寻找，"人呢？"两人互相对视，惊出一身冷汗。

"闹鬼了！"服务生大喊着，冲进风雨中，瞬间又被暴雨旋了回来，破碎的门早已大敞四开。

刘哥一把拉住服务生，"快！报警！报警——"其声嘶力竭的喊叫声穿透了黑夜，湮没在风雨中。

第二章　闯入斑斑

周班感觉身子被什么东西吸住了，动弹不得，再睁眼，眼前亮堂堂的，他四处张望，大白天却不见太阳。

"肯定是在梦里！"

周班这样想着，挪了挪发麻的双腿，这才察觉自己在一条宽阔的道路中间，道路两侧是墙，有一人高，泛着淡淡的银光。不对！这墙居然在动！周班闭了眼，深呼几口气，希望从梦中醒来。

过了一会儿，耳边传来喊叫声："你人，快靠到墙上去！快点儿！"周班一个激灵，睁开眼，街道上三三两两的人在走动。人们穿着千奇百怪：长衫、短褂、裙子、西装，有的居然身着龙袍，甚至一身娘娘、宫女的打扮，纯粹就是不同时代服装的大杂烩。

周班暗自雀跃：这个梦挺好玩！

他又偷眼看去，这些人无论男女，都横七竖八扎着小辫，少的三四根，多的几十根，它们随着脚步颤动着，别有情趣。

"你人，快靠到墙上去！"喊声再次传来。

周班回过身，一身黄绸缎衣服的男子冲他招手。

"你叫我？"周班用手指指自己问道。

"你人，当然是叫你，快点儿，靠到墙上。"

周班挪动脚步，试着靠上右边的墙。

"这就对了，这样就碰不到你了。"

周班贴着墙，随着墙开始移动，身体轻松了许多，感觉像在平稳的车厢里。

忽然，几个红衣人贴着墙从后边飞奔过来，周班来不及躲闪，那几个人径直从周班和墙之间跑了过去，并随着墙很快远去。

周班惊出一身冷汗：大白天，见鬼了！

不等周班回过神来，身边的黄衣人突然开口道："你人，想快一点吗？"

"你人？啥意思？他们管自己叫'你人'？什么乱七八糟的！这酒真是喝糊涂了！"周班晃晃头，疑惑着。

"你轻轻用力往后靠，就能超过前边的人。"

周班试探着，稍稍用力靠墙，果然，墙连同自己的身体快速向后闪去，嗖的一下超过了前面的人。

真是神奇！周班有点留恋这个梦，不愿醒来。

周班不敢直视黄衣人，眼帘低垂，眼珠却左右转动四处偷瞄。忽然，一个孩子进入视野，他居然是从半空飘过来的，张着小手，蹬踹着小腿叫喊着："放我下来！放我下来！"

"你认错吗？"

"我，我，我不知道。"孩子嘴上不服。

唰的一下，孩子又升高了半米，正好飘到周班眼前。周班伸手去抓，孩子竟然再次飘向高空。

"别伸手！别朝我伸手！你人，为什么害我？"周班吓得连忙收手，孩子随之降了下来。

又有声音问道："你可知错了？"

"我错了，放我下来吧！"孩子缓缓地落到地上。

一个黄衣人跟着到了孩子面前，训斥道："去吧！去一宫，干完活回来，正好吃晚饭。"孩子顺从地贴到墙上，一会儿便跑远了。

周班直愣愣地看着，像是被吓到了。

身边的黄衣人开口道："你人，别怕，这孩子犯了错，就要接受惩罚。"

周班扭头，这才看清黄衣人，他脸上长满了斑点，有点像雀斑，但又不尽相同，这些斑点都是雨点的形状，大头朝下，仿佛随时要掉下来。黄衣人明显是个男人，可头上却竖着五根小辫，二十几岁，还算帅气。

黄衣人回眸看向周班，两人视线正好对上，周班很是尴尬，赶忙低头。却听见"扑哧"一声，黄衣人笑了。

"你人，别怕，是我带你来的，走，我们去见三斑。"

"你带我来的？我不是在梦里吗？"

"什么梦里？这里是斑斑。"

"什么斑斑？奇怪！"周班越发好奇。

"跟我走吧！你没做梦，你来我们斑斑了。有啥疑问，你见了三斑自己问吧。"

两人不再说话，黄衣人不断加速，把墙上的其他人甩到了身后。过了一会儿，墙的速度慢了下来，黄衣人拉着周班，轻轻往前一迈，便离开了墙壁。

周班扭头，见那堵墙又开始缓缓加速，好似一列出站的火车，随后便旋起一股清风，很是诡异。

周班紧跟黄衣人，街道越来越宽，两堵墙渐渐地向左右拐了弯，中间便闪出一条道。这条道会时不时地出现一个岔路，不知伸向哪里。他们又走了一会儿，左侧是一条黄绿相间的草坪路，踩上去松松软软的，心情有些莫名地愉悦。

"黄衣大哥，我们这是去哪里？其他人呢？"

"我带你去见三斑，其他人当然是回家、吃饭、休息。"

"三斑？三斑到底是什么人？是你们的国王吗？"

"哈哈，哈哈！你人真有意思，还是先去见三斑吧！你私自闯入斑斑，我已经失职了。"

看着黄衣人脸上的笑意，周班暗自嘀咕：哪里像失职犯错的！

"生人！生人！"忽然传来几声尖厉的叫声，周班一惊，抬头便见到不远处绿树成荫，小草野花迎风摇曳，几只凤头小鸟在枝间跳动，叽叽喳喳地叫着，他们浑身白色羽毛，一双双黄色的眼睛，正叽里咕噜地盯着周班。

"生人！生人！"

"我的天！小鸟说话了！"周班心里嘀咕着。

"我们斑斑从未来过外人，这些斑鸟只是好奇。"见周班停下脚步，黄衣人解释道。

"黄衣大哥，我这梦也太神奇了吧！你别放我走，我不想醒过来。"

"哎！你人，我跟你说，这里是斑斑，你没做梦。你是地球人，但是，你现在已经不在地球上了，而是来到我们斑斑了。"

周班哪里听得进去，抬手喊道："斑鸟，你们好！"

"你好！你好！你人，你好！"小鸟七嘴八舌地回应着。

周班看着枝头上跳来跳去的小鸟，有点挪不动脚步，黄衣人只好拉着他的胳膊，拽着他离开。

"你人，快点儿，去见三斑。"

两个人又走了一会儿，就见到不远处有几座圆房子，红色的顶，主体黄色，黑色的窗户。

屋顶上密密匝匝地落满了鸽子，有红、黄、黑三色。鸽子的眼珠叽里咕噜地转动着，紧盯着周班，既好奇又警觉。黄衣人抬手道："别看了，这是生人，要见三斑。"鸽子一下子散开了，在两人上空盘旋，兴奋地咕咕叫着："生人！生人！欢迎！欢迎！"黄衣人笑着摆摆手，鸽子便回到屋顶觅食戏耍。

周班频频回头，看向那些鸽子，心道："这梦真是神奇！小鸟、鸽子都会说人话！"他心里感叹着，脚下的路渐渐变窄，径直通向中心的一座白房子。

眼前的白房子有三扇小门，红、黄、黑三色，黄门自动打开，里边空旷悠长。周班有些害怕，跟紧黄衣人的脚步。不想前面的人忽然站定，周班险些撞到他身上，愣生生地收住脚步。

面前是椭圆形的透明桌子，桌子很大，七八个人围坐着，头上扎着小辫，有男有女，脸上同样长着斑点。周班偷偷一眼扫过，好像斑点数量各不相同。

看来脸上的斑点是他们特有的！

周班有点捉摸不透：都说梦是心头想，他何曾想过这些？他的女友皮肤可是光滑得很，脸上一个雀斑都没有。想到女友，那个青梅竹马的女友！周班胸腔的愤恨开始膨胀，人也跟着肿胀，眼看就要炸开。愤恨就像长了翅膀一般，一碰即发。

突兀的，一个声音传来，将周班硬生生地拉回到圆桌前。

"三斑，今日黄门闯入一生人，不知如何安排？"一名黄衣人开口道。

房中的几个人一直打量着周班，其中一名妇人说道："今天的日子真是很特殊，黄门进来的可不止一人，他们一会儿也该到了。"

停顿几秒，她接着说道："黄门打开，必须知晓斑语，千百年来，从未有生人来过，一次来了三个，确实怪异，不出事就好。杂斑，你在一旁等着，我有问题要问。"

黄衣人退到一旁。

妇人端详着周班道："你人，长得挺帅气，把头抬起来。"

周班缓缓抬头，目光与妇人相对，顿时似有一束暖暖的阳光照亮他因受伤而紧闭的心门；又似春风轻轻拂过，驱散冬日的严寒，瞬间春暖花开。周班随即满腹委屈涌上心头，迫不及待地想要与妇人倾诉。

那妇人面带微笑，脸上的斑点依稀可见，左右腮各一个，额头一个，如同三个水滴，随时准备落下。不用说，她就是三斑，因为脸上有三个斑点。周班肯定了这个想法。与此同时，周班身心不受控制地想要靠近她，如同小时候摸黑回家，远远看见自家窗户透出的灯光一样！那么急切、那么渴望！仿佛此时只有走近她，他才可以安定、安心。

见周班盯着自己，三斑微微一笑，道："你人，你是如何来到我们斑斑的，说来听听。"

周班迷茫着，又委屈着，想家，想妈妈。明明在酒吧里，怎么来到这里了？他脑瓜里乱糟糟一片，迟疑了几秒，试着从复杂的情绪里抽离，小声嘟囔道："什么斑斑？这不是梦里吗？我喝多了，睡着了，做梦了。"

三斑扑哧一笑，屋里的人也都跟着笑起来。

"你人，这不是梦，你来自地球，闯入了我们斑斑，自黄门而入。这黄门自动打开，引生人进来，闻所未闻，你倒是说说看，怎么进来的。"

"不是在做梦吧?"周班用力掐了一下胳膊,疼得咧嘴,"难道真的不是梦?"

黄衣人见周班还是疑惑,接着说道:"这里是斑斑,你离开地球,进入我们斑斑了。"

"斑斑?不在地球上?是不是外星人?"

"我们斑斑在宇宙空间里,离地球最近,可以说与地球并行存在。"

周班思索道:"也就是说,这里是另一个世界,叫作斑斑。"

得到了肯定的答案后,周班还是不敢相信,自己在酒吧喝了杯酒,就离开地球了?不对!还是在做梦呢!屋里的人都注视着周班,安静得落针可闻。周班云里雾里,凝眉思索,捋不出个头绪。

忽然,脚步声由远及近,众人的目光齐刷刷地看向门口。

两个黄衣人在前,后边紧跟着两个人。周班脑海里闪过一个画面:酒吧里郑老板连喝三杯红酒,好像还有一个蓬头垢面的老傻,没错!就是这两个人。

郑老板四十左右,脸色蜡黄,两腮微微塌陷,目光呆滞。乱糟糟的长发遮住了老傻的整张脸,让人看不出年龄。两人耷拉着脑袋,骨头像被人抽走了一般,似乎随时都会瘫倒。

黄衣人退到一旁,屋里静得出奇。

那个郑老板似乎察觉到什么,缓缓扭头,左右看看。他忽然咧嘴一笑,把惨淡挂在嘴角,还不如不笑,叹道:"小兄弟,真是有缘,喝酒能碰上,做梦又梦到一起,有缘!"说着,他往近前蹭了几步,抬起右手拍拍周班的肩,又无力地从后背垂落,身体前后晃荡了几下,有些站立不稳。

周班慌得后撤几步,险些碰到老傻。"阿嚏!阿嚏!"老傻连打两个喷嚏。

郑老板轻叱道:"你这老傻,真是烦人,看你可怜,给过你几回饭,却死皮赖脸,追着我入梦,是不是有点不厚道?"

老傻缓缓抬起双手,将长发从额前分开,捋到耳后,一张脏兮兮的、长满皱纹的脸露了出来。他一说话,缺了半颗的门牙格外显眼,有些滑稽,可众人却不由得浑身一紧,那张脸写满了悲凉与沧桑。

"知道这是什么吗？缘分！你说的！缘分！嘻嘻嘻嘻！"老傻笑得有些瘆人。

周班不着痕迹地与两人拉开距离。

"哟呵！今儿真是太阳从西边出来了，你这老傻居然说话了？平日里你嘴巴金贵得很，一个字一个字往外蹦，比那金豆子还值钱，梦里变利索了！"郑老板呆滞的眼神有了光泽，声音也高了几分。

"你人，你们三个同时来了斑斑，的确有缘，还是说说吧，怎么就一起来了？"

郑老板抬眼瞅瞅三斑，轻哼一声，道："什么斑斑！喝着喝着酒睡着了，做梦呢！"

"你人，你们听好了，这里是斑斑，你们不在地球上，更不是做梦。"三斑摇摇头道，"好了，慢慢你们就明白了，还是说说吧！来这之前你们在干什么。"

周班看着眼前的一切，基本确认不是在做梦，自己来到一个未知的地方，或许这是不幸中的幸运吧。

"三斑阿姨，我先说吧。"

一听这称呼，三斑身子前倾，左看右看，笑着说道："四斑、五斑、六斑，七斑、八斑、九斑，听听！听听！这孩子叫我阿姨，那你们便是阿姨、阿舅。我们就让这孩子说说。"其他几个人都眉眼带笑，朝周班点点头。

周班放松了许多，看着圆桌前的几个人，脸上也长着斑点，名字与斑点数量应该是对应的。

见周班三人一脸疲惫，三斑朝黄衣人晃晃手道："杂斑，让他们坐下吧！"黄衣人点点头，轻声说道："三把椅子。"话音未落，平坦的地面缓缓冒出三把椅子。

三人先是一惊，继而转为好奇。愣怔了几秒，郑老板倒是不客气，一屁股坐下去，随口说道："爱是啥是啥，反正我郑言也活不了几天了，什么妖魔鬼怪，尽管来吧！"周班说了声谢谢，也坐到椅子上。

老傻看着油光锃亮的木头椅子，没动。

"坐呀！老傻。"郑言朝老傻努努嘴。

老傻还是没动。

"你人，你为什么不坐？"老傻没有回答三斑，只是局促地抓住褶皱的衣襟，依然未动。

屋里安静下来，三斑从圆桌后边走出来，一身淡绿色的碎花裙显得格外素雅，细长的丹凤眼微微上挑，温柔又不失威严。"坐吧！来到斑斑就是我们的客人，你们就当到了自己的家。"三斑边说边把椅子拉到老傻身后，扶着他的肩头，让他坐到椅子上。

老傻扭动着身子，讷讷开口道："我脏！脏！"

三斑一怔，温柔的目光里多了几分怜惜，又透着冷峻。"我们都是一样的，你不脏。坐吧！"空气有些凝重。

三斑回到座位上，示意周班可以说了。

周班看看身下的椅子，心中好奇，明明是木头的，怎么好似被磁铁吸住一般，又格外柔软舒服，自己的疲惫与悲伤似乎冲淡了许多。

"三斑阿姨，我青梅竹马的女朋友跟别人跑了，我们说好了上同一所大学，结果她骗了我，偷改了志愿，和别人上了同一所大学。我的女朋友叫云点，名字好听，人也漂亮，就在刚才，我看见他俩在一起，云点还骂我穷鬼，我不敢相信，十几年的感情就这么完了。我受不了，就到酒吧喝酒，外面下着瓢泼大雨。"周班说得有点急，被唾沫呛了一下。

"孩子，不着急，慢慢说，酒吧里又发生了什么？"三斑安慰道。

"酒吧里好像没有发生什么事。"周班思忖着。

"能发生什么？我们在酒吧里就是喝酒呗！"郑言嘀咕着。

"你人，你们可记得当时几点？"

周班轻轻拍了拍额头，记不起时间。

"九，九点多吧！"老傻搭话了。

"哟呵！老傻，你真是让我大开眼界，你能看懂钟表吗？快别添乱了。"

"我怎么不认得！我怎么不认得！"老傻急得满脸通红。

三斑脸色有些难看，头上的三根小辫也跟着直挺了几分。"你人，你们三个到了斑斑，不管你们在地球上是干什么的，但是在这里都是平等的，不能小瞧任何人。"

老傻感激地看看三斑，接着说道："我真的认得时间，刚才我在酒吧门口躲雨，酒吧的人心眼好，让我进去避雨，那个服务生总是问我，都几点了，还乱跑。非要让我说时间，我看了墙上的表，九点，不，是九点过九分。"老傻抢着一口气说完，那架势，唯恐别人不信。

郑言吃惊地从椅子上缓缓起身，走到老傻跟前，上下打量着。"我的天！见了鬼了，你老傻不傻呀！"然后，他转身往回走，还是忍不住回头，又看看老傻，伸出大拇指，"你是这份的！"

三斑几个小声交流着，不住点头，又将目光投向周班三人。

"你人，你们别紧张。因为斑斑自存在以来，从未有外人闯入，今日，黄门一下进来三个人，我们需要找到原因。若是生人随便进入斑斑，我们斑斑恐怕要不安生了。"

听三斑这样说，郑言晃晃脑袋道："我们就是喝多了，一睁眼就到这了，你们说不是做梦，可是，我真的不知道怎么就到这了。"

"你人，别急。我跟你们直说吧，由黄门进入斑斑，必须有三个条件，时间、天气、斑语三者合一，缺一不可。我有一点还想不通，斑语是我们斑斑定的，你们怎么会知道？"

"斑语？"周班嘀咕着摇头。

"你们再想想，喝酒时你们都说了什么？"三斑有些急切地问。

想是喝了酒的缘故，郑言脑袋里嗡嗡的，开始烦躁，弄不明白眼前的状况，干脆闭了眼，开始回忆。右手抬起，好似端着酒杯，左手比画着夹烟的动作，嘴里说道："喝酒，酒，点，酒。"他忽然睁开眼，一拍大腿道："对了，我说的好像是喝酒、点烟。我就磕磕巴巴地说了'酒点酒酒'。"

"你说了'酒点酒酒'？"三斑有些激动，追问道。

"没错！这个我记得。"郑言用力点头。

"对了，三斑阿姨，我好像也说了。我想念云点，我就叫了'点儿'，又想喝酒，我就叫'酒、点儿、酒'。"周班两只手比画着，很是兴奋。随后，他两手轻拍一下，吸一口气，嘴巴微张，做了一个确认的动作。"对！对！我说了'酒点儿酒酒'。"

两人似乎参透了斑语，莫名地有一种成就感，之前在酒吧里的郁闷和烦恼一扫而光。

三斑几个长出了一口气，不是斑语泄露就好！

大家不知不觉地忽略了一个人——老傻，对呀！老傻怎么进来的？

当所有人的目光投向他的时候，老傻居然咧开嘴笑了，满脸的褶皱如花朵般由嘴角向上绽放开来。"我也说了！我也说了！"他像是自语，大家却又听得格外清晰。

在场的都明白了，一定是老傻被逼问时间的时候说了"九点九九"。

所有的人都知道了斑语——九点九九，如此巧合，显然有点诡异，但更多的是缘分，对！就是缘分。

气氛一下子松弛下来。

三斑微笑着开口道："你们来斑斑的准确时间应该是九点九分九秒，当时外面下着雨，你们说出了斑语。这就是时间、天气、斑语三者合一。竟然如此巧合，不可思议！"

"或许，是和我们有缘吧！"脸上有四个斑点的人开口了，想来她就是四斑。她一头齐耳短发，头顶一根小辫，向一侧低垂，眉眼弯弯，俊秀中透着几分阳刚，应该和三斑年龄相仿。

斑点最多的九斑忽然开口道："三斑，我觉得此事有些怪异，这也太巧合了吧！只能说我们的斑语太简单了，必须改！"

几个人说话的时候，周班一直偷眼看着，这九斑应该是年龄最小，五六根小辫一颤一颤的，很是帅气！

九斑的提议立马得到了大家的认可。

"行，那就让杂斑去黄门，姑且把斑语消除，以免再有生人闯入。"三斑发出指令。

黄衣人应着，就要转身出去。

三斑忽然又想到什么，叫道："等等！""若是消除了斑语，他们如何回去？还是先把他们送走吧。"

"对，毕竟是地球人，不宜在我们这久留。"五斑适时开口道。

几个人简短交流之后，三斑看向黄衣人，道："杂斑，你们守好黄门，若是下雨，在九点九分九秒，把他们三个送回地球。"几个黄衣人这才转身离开。

郑言左右环顾，一拍脑门，激动地说："真不是做梦，这也太神奇了！斑斑大王，你们几位肯定是这里的领导，我求你们一件事。我是将死之人，医生说我已是胃癌晚期，最多还能活两个月，我不想回去了，就让我死在你们斑斑吧！"

"你人，我们也很同情你，可是地球人有地球人的生存方式，况且，斑斑从未有外人居住过，我们不能破了规矩，你还是回去吧！"

"我不走，谁爱走谁走，我决不回去。"郑言干脆往椅子上一摊，拿出了一副无赖的架势。

周班赶忙劝道："郑老板，咱们回去吧！总要去面对家人、亲人，生老病死也要面对。家里只剩我妈一人，我不能让她担心，最好明天就回去。"

"这孩子懂事理，逃避不是办法，该来的总会来，这样吧，你们先下去休息，等条件符合了，就回地球吧！"三斑一行人纷纷起身。

"顺便提醒一句，斑斑的时间与地球的时间不同，斑斑一天相当于地球的一个月，所以回去也要抓紧。"三斑边说边往外走。

郑言一听，猛地从椅子上跳起，脸色白得吓人。

"等等，斑斑大王，什么意思？你们这里一天，就是我们的一个月，那么岂不是过了明天我就要死了？不行！不行！我得回去，我还不想死得这么快。"

话音未落，郑言转身就往外跑。却不想，那椅子"唰"的一下追了上去，一股吸力将郑言拉到椅子上，郑言再难起身，便惊恐地大喊大叫起来。

几个红衣人突然从外面进来，将郑言围住。三斑摆摆手，红衣人转身退了下去。

三斑走到郑言近前，放缓声音道："你人，别怕，我们斑斑不会有人死去，现在时间是静止的，除非我们让时间前进，否则时间永远停止，尽管也有白天黑夜，但是我们都不会老去。"

周班和郑言惊得张大嘴巴，半晌说不出话来。老傻仿佛一个局外人，一言不发，静静地坐在椅子上，半闭双眼，身子随着椅子轻轻晃动，很是惬意。

郑言突然手舞足蹈，哈哈大笑，随后弓着身子，双手合十。"太好了！太好了！我死不了了。感谢斑斑！感谢神灵！"那架势，有点瘆人，还有点神经兮兮，甚至有点魔怔。

好半天，郑言总算消停了，周班抓住空当，迫不及待地开口道："三斑阿姨，你说的是真的吗？你们可以左右时间，可以停止时间、可以前进时间，是不是也可以倒退时间？"

三斑点点头。

"那么我……我希望回到从前，回到填报志愿之前。"周班像是自言自语，声音低得几乎听不到。

"你人，这念头赶紧打消！就是倒退一天也不可以。我们斑斑有自己的规矩。时间停止，斑斑的一切都是平衡的，若是时间倒退，后果难以想象。你们还是先休息吧，已说了半天，都累了，有什么话明天再说。"说完，几个人转身就往外走。

很快，两个红衣人进来，伸出右手做了一个请的动作，"你人，请跟我们走吧！"

郑言心有不甘，想试探着起身去追三斑。他低头看看椅子，心有余悸，没敢动弹，只好看向周班，央求道："兄弟，快去追他们，时间倒退一年，我就有救了。快去！"

"郑老板，既然时间是停止的，你的病情就不会恶化，我们先住下，再想办法。"周班说着，又看向老傻道："老傻叔，我们走吧！"

椅子上晃晃荡荡的老傻，听到"老傻叔"三字，猛地双脚着地，睁开眼睛，盯着周班，皱纹乐开了花。

"好，走，听你的。"他立马起身，还不忘拍拍裤腿，腰板也挺拔了许多。

郑言也慢慢起身，走了几步，见椅子没有追过来，也挺直腰板，倒背双手，往门口走去。周班跟在两人身后。

三个人神态各异，倒成了一道奇特的风景，身后的椅子缓缓沉入地下。

第三章　需斑

　　红衣人走在前面，穿过长长的走廊，红门自动打开。外面光线暗了下来，应该是傍晚了。

　　三人紧紧跟在红衣人的身后，唯恐落下。

　　他们走了一段路，感觉身上起了一层薄汗，眼前终于出现了一排排整齐的房子，红顶黄墙，有点像蒙古包，恍恍惚惚，似仙境一般。他们在第一排房子前站定，一名红衣人轻轻说了声"开门"，黄色的墙面自动打开了一扇门，郑言探头往里边张望，老傻扒开他，径直走了进去。

　　屋里有三张床，床上铺着天蓝色的床单，其他什么也没有。郑言一下子扑到床上，床柔软得要把人埋没。郑言干脆又翻了个身，感到从未有过的惬意。红衣人蹙了蹙眉，心想：这人浑身脏兮兮的，就这样扑上去了？他摇摇头，还是忍住没出声。

　　周班坐到床边，双手杵到身后，深深地呼了一口气，一种熟悉的感觉充满全身，仿佛回到了自家的小床上，有妈妈身上的味道，暖暖的，鼻子不禁有些发酸。

　　老傻在屋里溜达着，东瞧西看。

　　两个红衣人站在门口，看着三个怪异的地球人，很是无奈。见三人半天也不讲话，其中的一名红衣人开口道："你人，饿了吗？你们还是先去吃点东西吧！"周班肚子咕噜、咕噜地叫了几声，很是应景。郑言一骨碌坐起来，道："小兄弟饿了，我也饿了，走，咱们去吃点东西。"于是，三人紧跟着红衣人出了门。

周班盯着走在前面的红衣人，他头顶上横七竖八的小辫不停地颤动着，晃得人有些恍惚：真的不是做梦？周班晃了晃头，一切还是那么清晰，再次确定，这里是另一个世界。周班的头脑里闪过几个想法：外星人？UFO？这里叫作斑斑，会不会就是一个巨型的UFO？它在宇宙中随意穿行着，偶尔在地球上会被捕捉到。或许，自己就此揭开UFO之谜，那可是不得了！这大胆的猜测，让周班兴奋起来，心跳加快，脚步也跟着加快。周班简直就要飘起来了，他想到一个词——塞翁失马，或者自己因祸得福。

"一定要问个清楚，弄个明明白白。"周班边走边想，打定主意。

周班满脑子的疑问，实在憋得难受，又不敢太直接，便试探着开口问："红衣大哥，这些红房子就是你们住的地方吗？怎么看不到其他人？是不是时间静止了，斑斑的人也都静止了？"

"你人，就你年纪小，问题可是不少。时间停止了，我们都保持着现在的模样，不会老去，可昼夜交替依旧照常，这个时间，大家都歇着了，少有人走动。"

"那我们去哪里吃东西？"周班继续追问。

"我们去需斑。"红衣人加快了脚步。

周班满眼好奇，早将烦恼抛到了脑后。

郑言听着、看着，确定不是梦境。这里的人像是具有超能力，或许这里能给自己第二次生命，一定是老天爷的安排，必须拼一把。郑言心底充满了对求生的渴望，希望之火瞬间被点燃。

老傻之所以叫老傻，除了直观的外表、邋遢的生活方式之外，还在于他的思维。谁都看不出他的心事，或许他真的没有心事。他一言不发，一步不落，紧紧地跟随着大家。

几个人在空旷的街道上走了一会儿，又拐了个弯，踏上一条松软的小路，眼前出现了一幢三层楼房，每一层的颜色各不相同，分别为黄、红、蓝三色。

到了近前，一扇门自动打开，大家走进去才发现，里边异常明亮，却找不到一盏灯。一排排架子上摆放着各种食物。

红衣人递给他们几只托盘，居然和食堂的餐盘一样，也分成七八个小格子。几个人端着餐盘往里走，饭菜冒着热气，格外诱人，有点像自助餐。

"怎么不见盛饭的勺子？"郑言在红烧肉跟前站定，心里犯着嘀咕，"难道要我用手抓？"他向红衣人求助道："红衣弟弟，我想吃肉。"话音未落，一把亮晃晃的不锈钢铲子从容器的侧面伸了出来。

"我的天！这么神奇！"

郑言激动地拿过铲子，狠狠一铲子下去，咂咂嘴，这味道真馋人！奇怪的事情发生了！手里的铲子剧烈地抖动起来，眼看到嘴的肉一块块地掉了下去，铲子上只剩三四块肉。

郑言不甘心，又是狠狠一铲子下去，紧握铲子，唯恐肉块溜走。铲子又开始抖动，更加剧烈，震得他手臂发麻，再看铲子，一块肉也没剩。

郑言气急了，"咣当"一声扔了铲子，道："什么破玩意！不吃了。"盛红烧肉的容器仿佛听懂了，缓缓向后移动，缩到墙壁里，不见了。

郑言挠挠头，气恼道："红衣弟弟，你们也忒小气了吧！红烧肉也不给吃了？"

"你人，吃什么都要有度，不能多吃，所以铲子会自动帮你筛选。既然你说不吃了，当然红烧肉就要收起来。走吧，你去吃别的吧。"

有了红烧肉的教训，几个人都不敢多盛饭菜，选了几样自己爱吃的，托盘也填满了。

几个人四处寻觅，希望找到餐桌，但是房间里光秃秃的，什么也没有。

周班低声说道："要不咱们也试试，看看餐桌会不会自己冒出来。"

"这主意不错！"

于是，郑言大声喊道："来一张桌子，三把椅子！"声音在室内回荡，却不见任何动静。

两名红衣人面色不悦，盯着他们，没有出声。

郑言又大喊了几声，室内的光线一下子暗了下来。

眼看郑言又要大喊，周班一把拽住他的衣襟，道："郑老板，别喊了，再喊就更黑了。"

见两人拉拉扯扯，老傻一屁股坐到地上，晃着头，闻闻香喷喷的饭菜，咧嘴笑道："有的吃就不错了，我这腿就是桌子，屁股下面就是凳子，我要开吃了。"

老傻刚说完，前方地面上就冒出一张桌子，旁边还有一把椅子。这下老傻可是乐坏了，他举着托盘跪爬起来，坐稳椅子，将托盘放在桌子上，开吃起来。

郑言恼了，刚要发作，周班低声说道："也给我们两把椅子吧！"说也奇怪！餐桌旁果真冒出了两把椅子。郑言面色不悦，嘴里嘟嘟囔囔，觉得自己丢了面子，居然被老傻比下去了！可是，他禁不住美食的诱惑，只得别扭着坐下来吃饭。

三人围坐在桌子旁，开始享受斑斑的第一顿晚餐。

老傻抬头看看红衣人，问："你们不吃吗？""我们吃过了。"三个人继续低头吃饭，或许是真的饿了，简直就是完美的光盘行动。

郑言起身，打个饱嗝，自言道："我这肚子还有量，再吃点儿。"

郑言揉着肚子，在一排排食物前徘徊，一只烧鸡冒着热气，那架势，仿佛在向他发出邀请，就是它了！郑言伸手去拿，却不想身子一下子悬空起来，而且越来越高，还上下颠簸着，好似一个弹力球，下落、弹起，再下落，再弹起。他慌得双手乱抓，大声喊叫："快放我下来！快放我下来！"

周班一见，赶忙伸手去拉，郑言"嗖"的一下腾高了五六米。此时的郑言脸色惨白，再也喊不出声音了。

"你别伸手，不然他会越来越高。"一名红衣人过来提醒着。

周班收了手，郑言果然落了下来，就是不能着地。

"你人，既然吃饱了，就不能再去拿吃的，不可以有占有欲，不然就要受到惩罚。你人，知错吗？"

"知错！知错！"郑言声音低得几乎听不到。还好认了错，他便落到了地面上。

郑言惊魂未定，可骨子里的老板派头却又滋生出来，缓了几缓，道："红衣弟弟，吃饭还不管饱？我还没吃饱，咋办？"

"没吃饱？你们肚子还饿吗？"

郑言摸了摸肚子，其实根本不饿了，只是有点嘴馋。

老傻伸个懒腰，吧唧着嘴道："吃饱了！真香！"

老傻话音刚落，屋子立刻又暗了几分。却见那盛饭菜的容器"唰，唰"几下缩到墙里不见了。整个屋子四面全是墙，刚刚的一切似乎从未存在过，不留一点痕迹，眼前的餐桌、椅子也都沉了下去。

三个人大眼瞪小眼，有点迷糊。老傻凑近墙面，瞪大眼睛，仔细寻找，用力敲敲墙壁，不见任何异常，哪里还有饭菜的踪迹？

红衣人开口道："你人，你们已经吃饱了，再多吃，不仅浪费，而且对身体也没有好处，我们需斑会自动检测的，你们既然已经饱了，饭菜自然要收起来了。"

"真是个神奇的地方，我们吃饱了都瞒不过你们。"

"这里是需斑，是为我们提供吃的、穿的和生活必需品的地方。需斑有一套特殊的系统，对进来的每一个人都是量身定做，而且自动生成，不会出差错。既然吃饱了，再吃，便是违规了。不过，饭后倒是可以吃些水果。"说话间，墙上伸出几个不锈钢饭橱，里边摆放着各种水果。

郑言回过神来，试探着走过去，问："红衣弟弟，这有啥讲究？不会拿多了又要挨罚吧？"

"不能贪心，这是规则，两三样吧！"

周班和老傻跟过去，从旁边拿了托盘，小心翼翼地挑选自己爱吃的水果，都不敢多拿，一小瓣西瓜、一小串葡萄，总之，拿的都是最小单位。吃的时候也格外珍惜，不敢有一点浪费。

从未想过，吃东西会这么累！郑言有点怀念那些胡吃海喝的日子，其实也不是留恋，就是不习惯。话又说回来，若不是大吃大喝，自己怎会吃坏了身体？若是也有一套限制吃喝的系统，或许自己的身体啥毛病都没有。郑言胡思乱想着，心中有点五味杂陈，也不知家里的老婆孩子怎样了，哎！郑言暗自叹气。

周班毕竟年轻，对新鲜事物充满好奇，心里盘算着，若是将这套系统搬到地球上，会不会引起轰动？能不能获得科技发明奖？最起码也能造福人类！周班对自己这么高大上的想法很是满意，这或许是冥冥之中的安排，让他情场失意，误入斑斑，果真是塞翁失马啊！

相比他俩，老傻要简单得多，吃得心满意足，褶皱的脸上泛着红光，油污的头发贴到脸上，有些滑稽。这是前所未有的体验，他只管陶醉其中，至于明天和以后，管他哪！

尽管三人各怀心事，但在美食面前却是出奇地一致，美美地吃了一顿，天也不知不觉地黑了下来。

红衣人催促道："不早了，我带你们去休息吧！"

"吃饱了不是该溜达溜达吗？我还不困，请带我们四处走走吧！"郑言是个夜猫子，每天都要折腾到深夜，来到这个神奇的地方，可不能白来。

两个红衣人低声商量几句，道："你人，就带你们到二楼看看。"

几个人沿着楼梯上了二楼。

二楼货架上摆满了日用品，琳琅满目，应有尽有，就是一个大超市。只不过，细看看，每样东西都与自己常用的不尽相同。比如，长了毛的香皂、如弹簧般一圈圈卷起来的饮料瓶、奇形怪状的毛巾……更有甚者，好多东西仿佛长了腿似的，在货架上、地面上自由移动着、穿梭着。圆的、方的、长的、扁的、大尾巴的、四只脚的……恍惚置身于神话乐园，若不是对物品做了标注，很难将它们与日用品挂钩。

老傻左顾右看，搓着手傻笑，从未见过这么多稀奇古怪的东西。其他两人则是被深深地吸引，摸摸这个，看看那个，想要探个究竟，恨不得全部带走。

一只圆球在地面上滚动，引起了老傻的注意。圆球类似西瓜大小，红色，滚两下，停一停；再滚，再停。老傻紧走几步，追上去想要看个仔细。那球好似长了眼睛，你追得紧，它便跑得快，你停，它也停。

老傻累得气喘吁吁，此时好脾气的他也起了倔劲，相隔两步远，死死盯着红球，一动不动，红球浑身颤动着，像一个调皮的娃娃，就差嘻笑出声了。老傻突然发力，猛地扑上去，将球狠狠地压在身下，嘴里念叨着："我让你跑！"这一扑，老傻摔得不轻，旁边看着的人都觉得疼，跟着咧嘴。老傻却嘿嘿地笑着，伸手朝身下摸去，拽出一个软塌塌的东西，有点像瘪了的皮球，丝丝凉凉的。老傻毫无防备，吓了一跳，条件反射地扔了出去，还不停地抖手。

被扔出去的东西，一着地，便迅速鼓起来，又开始滚动。

红衣人见老傻被吓到了，这才过来，道："不要随意动这里的东西。"随后，他指着圆球继续说道："那是个吸湿器，放到浴室，自动吸湿。"

这下老傻长了记性，只要会动的东西，他都躲得远远的。

周班也看到一个移动的东西，应该是机器人，像一只盒子，不过，那不停转动的大眼睛，很是吸引人。周班仔细看看标签，竟然是一只收纳盒。周班蹲下，摸摸那棱角分明的脑瓜，机器人朝他咧嘴一笑，吓得周班后撤一步，跌坐到地上。只听"扑哧"一声，机器人大笑，晃动着大脑瓜，走远了，从它的眼神中居然看到了不屑。周班被逗笑了。

"要带走这只收纳盒！回去好好研究研究。"周班的这个念头很是强烈。

郑言也没闲着，目光上下左右扫描着，若是将这些东西带回去，开一个大商场，还不得……光是想想，郑言就激动不已。

周班紧盯着机器人，脑瓜快速转动，极力思索着。很快，他就找到一个自认为充足的理由，赶紧开口道："红衣大哥，我可以带一些东西回去吗？晚上洗漱要用。""顺便要一只收纳盒"——这句话是周班准备后续再说的。

"你们住的地方物品齐全，不用带东西。"

周班伸伸舌头，心中的算计就这样以失败告终，当然也就没有了后续，尽管有些不甘心。

既然不能带走，再绕下去似乎没啥意义。郑言和周班均面露失望之色。不过既然来了，三个人又一起去了三楼。

三楼摆放着衣服鞋帽，古代的、现代的，齐全得很，包含了跨越千年的服饰。这下，郑言他们可是开了眼，眼睛都黏在了衣服上，根本移不开。

一身龙袍映入眼帘，有点像电视剧里皇上穿的，郑言想要试试。

黄衣人循着他的视线看去，随口说道："这是清朝康熙皇帝穿过的，可惜我们在回收的时候，它有些破损，放在这，只是个摆设，可以看看，但不适合穿。"

　　看着两人失落的眼神，黄衣人适时开口道："你们房间里有衣服，什么也不缺。"

　　真是可惜，都是只能看，不能带走，干脆回去！三个人依依不舍，磨蹭着下楼，离开了需斑。

第四章　就寝奇遇

天彻底黑了下来，街道上光线依然清晰，却找不到类似路灯照明的东西，也很少见到行人，偶尔有一两个，也是靠在墙上，飞快地远去。

"这个时候，大家都急着回家，我们也靠到墙上吧！"于是，几个人靠在墙上，飞快前行。

回到红房子，红衣人叮嘱道："晚上好好休息，千万别走动，若是迷了路，你们就只能在街上睡了。"

郑言虽然忙活了一晚上，却是兴奋异常，见红衣人要走，赶忙伸手去拉，却被红衣人闪身躲过，红衣人脸色有些难看。

"红衣弟弟，别生气。依我看，你们斑斑也不咋样，除了吃就是睡，一点娱乐都没有，无聊透顶。啥时候带你们到我们那看看，我们的夜生活那才叫丰富。"

"哼！你人，就你们那点娱乐？可笑！你们每天在干什么我们都一清二楚。"另一个红衣人不屑地说道。

"啥意思？你们能看到我们地球？能看到我们在干什么？"郑言吃惊地追问。

"当然能，不过，今天太晚了，如果明天你们不回去，我带你们去乐斑和戏斑看看，体会体会站在地球外面看地球的感觉。"红衣人说得认真，不由人不信。

郑言一下来了兴致，又要开口，却被周班一把拉住。"郑老板，赶紧歇着吧！我是困得不行了。"

"真扫兴！你这小岁数，还不如我这烂身板。走，睡觉！"

等红衣人离开，三个人才认真地打量屋子，亮堂堂的，却是既不见电灯，也不见开关，其他好像没发现什么。老傻嘿嘿笑着，摸摸这，拍拍那。周班、郑言两人坐到床上，小声嘀咕着今天的见闻，没有一点困意。

屋内光线渐渐变暗，好像有人操纵一般，两人有点发毛，就连老傻也紧挨着坐下来。

三人屏住气，东张西望，好半天不敢出声。后来，三人渐渐适应了昏暗的光线，困意来袭。

周班感觉浑身脏兮兮的，站起身小声说道："我想洗个澡。"

光线一下子明亮了许多。

"我明白了，这光线是可控的，若要睡觉就会变暗，我说洗澡，它就亮了。"

"这斑斑真是神奇！"好奇战胜了恐惧。

周班又犯愁了，自语道："没有睡衣，可咋办？总不能光着吧！"

话音未落，墙上打开两扇门，里边是一个衣橱，衣服鞋袜一应俱全。三个人瞪大眼睛，扒着衣橱门看了半天，除了咂嘴，就是摇头，不知如何描述此刻的心情。

老傻看中了一身黑色休闲装，拿在手里，有点不知所措，轻声嘀咕："就是这身了！"他低头看看身上的衣服，一向邋遢的老傻竟然有点嫌弃自己了。

周班拿了睡衣，准备洗澡。郑言环顾四周，没发现洗澡间，琢磨一会儿，一拍脑门，道："我兄弟要洗澡！"果然管用，墙上又打开一扇门，不用说，里边是卫生间。

在好奇心的驱使下，三人一起往里边挤。进去一看，三人又傻眼了，里边倒是宽敞，只是光秃秃的，四面墙壁，什么也没有。

老傻来了劲头，高声喊着："我要解手！"等了一会儿，房间里没有反应。

老傻又喊道："我要解手！"房间里还是没有反应。

郑言清清嗓子，说道："估计要讲普通话，看我的，我要方便！"房间还是没有动静。

三个人有点摸不着头脑，周班换了个要求："我想洗澡！"

墙上有了动静，一个淋浴器冒出来，尽管有心理准备，三人还是一惊，过后便是狂喜。

老傻捋捋额头的长发，试着说道："我要洗手。"

墙上钻出一个水龙头和一只陶瓷洗脸盆，几条毛巾和浴巾挂在架子上，香皂、洗发水、沐浴露……应有尽有。

这下可把他们乐坏了，仿佛掌握了斑斑天大的秘密。

老傻傻笑着，忽然说道："我要尿裤子了。"

"你个老傻，坚持住！老弟，快想想咋说。"郑言有些着急。

"我想上卫生间。"周班只能试试。

话音刚落，一个陶瓷坐便器从地面上冒出来，险些碰到老傻。老傻"啊"的一声，闪到一旁，接着又大笑起来，叫道："快，快，你们先出去，我憋不住了。"

等老傻哼着小曲走出来后，郑言和周班先后洗了澡，收拾停当，躺到了床上。

老傻脱了脏兮兮的衣服，就要往床上躺。

郑言皱着鼻子叱道："赶紧去洗澡，臭烘烘的，熏死人了。"

"我不洗，我上次洗澡也有年月了，不洗澡也没少活。"

老傻可没那么多的讲究，边说边坐到床边，随后四脚朝天地躺了下去。他尚未躺稳，猛然被弹了起来，好似被什么东西拽着，从床上一直拖进了卫生间，里边立刻传来哗哗的水声，掺杂着杀猪般的叫喊声。周班不放心，蹑手蹑脚地跟过去，扒着门缝一瞧，老傻在花洒下左躲右闪，就是躲不开，实在没法，老傻只好胡乱搓洗着。

着实折腾了一会儿，老傻才回到床上，好像一条死鱼，一动不动，看来累得不轻。

卫生间里的一切都隐藏不见了，门也消失了，屋子静了下来，静得有点不真实。

三人躺在松软的床上，似乎有很多话想说，却都保持着沉默，就连老傻也瞪着一双浑浊的眼睛，望着屋顶发呆。

屋子里彻底黑了下来。

"你俩咋想的，我想回去了，这里的条条框框困得我浑身难受。"老傻闷声闷气地开口道。

"我感觉吧！这里挺有意思，对，有意思。"周班自顾自地点头，肯定着自己的话。

"哎！你俩是无所谓，我这身体，若是回去了，哎！"郑言连连摇头叹气。

又是好一阵子沉默。

"我们三个能来这里，比买彩票中大奖还要难千百倍。这里规矩是多了点，不过，都是对人有益的。比如，饭菜不能浪费，睡前要洗澡。嗯！等我回去了，我要写小说，记录这里的见闻。"周班正值青春年少，对新鲜事物满怀憧憬和向往，一幅美好的蓝图在眼前徐徐展开，失恋的烦恼早已抛到了脑后。

尽管三人各怀心事，却抵不住困意，先后进入了梦乡。

老傻是被尿憋醒的，糊里糊涂地爬起来，不知身在何处，一骨碌滚到地上，还自语道："这是哪里呀？怎么这么黑？"话音刚落，漆黑的屋子便有了亮光，尽管昏暗，但完全可以看到东西。

老傻坐在地上，想了一会儿，再看看床上酣睡的哥俩，一拍大腿，恍然大悟。"这里是斑斑！""不行了，憋不住了，我要上厕所。"墙上那扇门自动打开了，老傻跪趴着冲进去，总算没尿裤子。出了卫生间，墙上的门自动消失了。

老傻爬到床上，没了困意，独自嘀咕："也不知道几点了。"墙上又有了动静，一块圆形的石英表出现在对面墙上，时间指向六点。

老傻紧搓着双手，既兴奋又紧张，就想找个人分享，探着身子，压低声音道："喂，小兄弟，六点了，起床了。"

周班翻个身，睡梦中回道："妈，我再睡会儿。"

两人的动静吵醒了郑言，他一骨碌坐起来，问："怎么了？出啥事了？"

这一闹腾，他们睡意全无，揉揉眼睛，半天才弄明白，这里是斑斑。

"你个老傻，天还没亮，闹腾个啥劲！"郑言埋怨道。

"也是，屋里还黑着呢，再躺会儿！"周班有点迷糊。

说话间，两人又躺平了。屋子却一下子亮堂起来，一个悦耳的声音响起："起床了！起床了！"三人吓了一跳，四处寻找，却不见人影，接着屋子又响了两声，三人这才发现声音是墙上的钟表发出的。

"连起床都设置了闹钟，规矩真是不少！"周班感叹道。

"若是我们就不起来，会怎样？"郑言忽然来了兴致。"咱们装睡！"说罢，郑言蒙了头，耍赖。

周班闪到床边，唯恐受牵连。老傻也灵通了，起身站到老远。果然，郑言好似被什么东西拽着，从床上坐起来，下了床，一直拉进了卫生间，门自动打开，又自动关闭，郑言全程嗷嗷地叫着，听得人一身鸡皮疙瘩。郑言一出来，老傻赶紧进去，洗脸刷牙，尽管是糊弄，总算没受到惩罚。

老傻穿上黑色休闲装，人一下子变得年轻了，周班喜欢运动衣，郑老板当然是一身西装，衣橱的衣服完全满足了三人的需求。扔在卫生间地上的脏衣服也不知去向，只剩下光滑的四面墙。

三人收拾停当，穿着新衣服坐在床上，大眼瞪小眼，突然一起大笑起来。

"斑斑是个好地方，老傻不傻了，我也不会死了，你也不痛苦了，我们不走了。"郑言坚定了留下来的信念。

第五章　斑斑的规矩

三个人从屋里出来，斑斑的人三三两两地往外走，见到他们，纷纷打招呼："你人，你们好！"他们一边应着，一边往外溜达。

昨晚的那两个红衣人走过来，说道："你人，我们先去需斑吃饭，一会儿去见三斑，看看有什么安排。"

一行人离开红房子，大约十来分钟便到了需斑，三人小心翼翼地盛了饭菜，边吃边四处张望，来吃饭的人都自觉排队，互相谦让，吃完后自动收了碗筷，餐盘里干干净净的，没有一点浪费，真是规矩！

偷偷观察斑斑这些人，他们大多穿着红色和黄色衣服，其他颜色相对较少，但样式各异，随了个人的喜好。每个人脸上都长着斑点，不仔细看，根本不会注意这些斑点。按理说，满脸斑点，应该难看，然而恰恰相反，它们看上去自然、和谐，给人的感觉，就该如此，很是神奇！

吃过饭，离开需斑，三人来到街上，见斑斑的人忙碌起来。有的三五成群结伴而行；有的走向两侧的岔路；有的则贴到墙上，迅速远去。

郑言好奇心上来，问道："红衣弟弟，斑斑的人都去干什么了？你们是不是也要种地？是不是也有工厂？"

"我们斑斑除了一宫和香斑，其他地方基本没有土地。你们看看脚下是什么？"三人低头，仔细瞧看，脚下果真不是土地，好似一块块塑料拼接起来的，可是跺跺脚，又感觉坚硬无比。

"这是什么？是塑料吗？"郑言追问。

"不认识了？这是你们地球人所说的塑料，其中一部分就是你们小孩子的塑料玩具。道路就是用这些东西拼凑而成的。"

周班好奇心重，趴在地上，想要看个清楚。他这才发现，地上的图案五花八门，只不过，光线太强，不仔细看很容易被忽略。"真的！这是喜洋洋、熊大熊二、天线宝宝……"周班好似发现了新大陆，在地上爬着、叫着。

老傻也跪在地上，用粗糙的手抚摸着多彩的地面，频频点头道："这是我的东西！这个我有！那个也有！"不用说，别人也明白，这些东西老傻在垃圾桶里翻拣过。

郑言蹲下来看着，暗自称奇：这斑斑了不得呀！

周班看着、想着，几个问号在头脑里打转。"红衣大哥，一宫是什么地方？香斑很香吗？这些地面全是塑料，对身体会不会有害呀？"

"你人，这是连环问啊！有机会带你们去一宫和香斑看看。至于这些塑料，它们都经过特殊处理，不仅无害，而且对身体还有益。"红衣人笑着开口道。

看也看了，问也问了，三人却还是糊里糊涂的。

周班起身拽住红衣人的胳膊，道："红衣大哥，你们真了不起呀，居然能变废为宝！快说说，这些是从哪里弄来的？怎么做成地面的？"

"对！说说吧！这么神奇？将来我们地球人也可以效仿。"郑言也追问着。

"不急，我一时半会儿也说不清楚，我们先去见三斑，走吧！"

红衣人边走边说："我们斑斑虽然不种地，但也要劳动，自给自足。我们红杂斑要进行研究、创造，让斑斑的人享受最好的生活；黄杂斑要接收地球来的东西，各归其位，物尽其用。在我们斑斑，人人都要劳作，实现自己的价值。"红衣人随口说的几句话，却让三人感叹不已、羡慕不已。

红衣人走在前面，周班三人紧跟其后，左顾右看，东张西望，头顶上不见天，好似被白色顶棚罩住，阳光被阻挡在外边，不刺眼，却又亮堂堂的，给斑斑披上了一层神秘的外衣。

三人缓慢溜达，红衣人也不催促，三人走了一会儿，离开大街，沿着小路而行，又是那条悠长的通道，处处鸟语花香。

"你人，你们好啊！"小鸟叽叽喳喳叫着。老傻大嗓门回道："小鸟，你们好，飞起来让我瞧瞧。"那些斑鸟果然飞离了树梢，在众人头顶飞着、叫着，白色的羽毛像雪片般随风舞动。

老傻高举双手和小鸟嬉戏。郑言和周班也不知不觉地融入其中，将一切烦恼抛之脑后。

说也奇怪，三个大男人追着小鸟傻跑，那画面，怎么说呢，有点像成人穿布兜的感觉，看上去不搭，并且有些违和。

违和吗？难说！反正两个红衣人早已张开双臂，伸手去逗弄低飞的斑鸟。两只小鸟轻轻落到一个红衣人的手心，收了翅膀，眼珠转动，与红衣人对视着。红衣人轻笑出声，脸上的斑点颤动着，似乎要滴落下来。斑鸟眨眨眼，尖尖的嘴巴一张一合地叫道："老红！老红！"更为可笑的是，两只小鸟，你停它叫，它停你叫，配合得相当默契。而且，每叫一声，它们都歪一下头，很是可爱。红衣人实在忍不住，大笑出声，笑得浑身颤抖，小鸟感觉到手心的晃动，略带不满，呼扇着翅膀，飞向天空，还不忘叽喳一句："老红！再见！"

这些斑鸟简直成精了！其实，与小动物相处，最简单，也最幸福！

人啊！还是简单一点，做自己喜欢的事，交自己喜欢的人！做好自己，不妨碍他人，不惧他人的眼光。虽然我们学不来小动物的简单，但把简单的事情复杂化却是人类与生俱来的。人类硬生生地把一片雪花滚成一个雪球！人类的烦恼很多时候都是自找的！

周班三人简单得有点幼稚，气喘吁吁地跑了半天，好似不知疲惫，追着，笑着，不肯停下。

不远处传来咕咕的叫声，吸引了众人的目光，周班三人这才放缓脚步，朝圆房子而去。成百只鸽子扑啦啦地腾空而起，"欢迎你人！欢迎你人！"一行人仰头驻足，看着看着，仿佛自己也生出一双翅膀，飞向浩瀚无垠的苍穹。

眼前又是红、黄、黑三个小门，红衣人走在前面，由红门而入。郑言走在最后，放慢了脚步，突然拐个弯儿，朝左边的黄门而去，他触碰到黄门的瞬间，竟然被弹了回来，跌坐到地上。

红衣人回头道："你人，走红门，跟紧点。"

郑言一骨碌爬起来，进了红门，追着红衣人问道："昨天明明是从黄门进来的，今天怎么不让进了？"

"黄杂斑走黄门，我们红杂斑走红门，这是规矩。"

斑斑的规矩还真多！郑言暗自咬牙，揉揉发疼的屁股。有了郑言的前车之鉴，三人格外小心，唯恐触动什么机关。

三个人在椭圆的透明桌前站定，站姿都笔挺了许多。看来，适当的惩罚很有必要，而且大人孩子通用，最主要的是收效立竿见影。

三斑几个还是在老位置，给人一种错觉，好似从昨晚到现在从未离开过，那无形的气场，多了几分威严，令人心生敬畏。

"你人，休息得还好吗？看上去精神不错。"

"多谢三斑阿姨，谢谢各位叔叔阿姨。我惦记着妈妈，想尽快回去。"周班说道。

"我不回去，回去就是等死，求三斑让我留下来，我能干活，只要给口饭吃就行。"郑言着急地说着。

"你俩倒是挺有意思，一个要走，一个要留。你人，是走是留？"三斑看向老傻。

"我，我，我听安排。"老傻涨红了脸，有点不知所措。

"你人，你们的家在地球，是一定要回去的。只是要等待时机，这几日，你们那里滴雨未下，纵使想回去也不可能，先安心住着吧，只等下雨了，再送你们回去。"

郑言还不死心，苦苦哀求道："三斑大人，他俩可以回去，让我留下来吧，我给你们当牛做马，干什么都行，我不想死啊！"

见眼前这种情景，嘴皮磨破了也未必如愿，郑言心一横：今天豁出去了，为了活着，啥脸皮不脸皮的，不值钱！至于身份，能救命吗？还是保命要紧。

短短几秒钟，他快速地权衡利弊，"扑通"一声跪倒在地，连连磕头。

"求求你们！求求你们了！"

一瞬间的事，众人愕然，不等回过神来，接下来发生的事，更是吓人。

郑言"唰"的一下飞到半空，又"唰"的一下落下，这样反反复复地上升下降，空气中回荡着杀猪般的叫声。

周班赶忙求情道："三斑阿姨，放郑老板下来吧，他有病，禁不住折腾。"三斑没出声，郑言停在了半空，头朝下，不停地挥动着四肢。"啊！放我下来！放我……"渐渐没了声音。

三斑一抬手，郑言轻飘飘地跌落到地上，仿佛断了线的风筝，没了生气。

周班和老傻奔过去，拍打着他的后背，好半天，郑言口中才传出沉闷的呜咽声，伴随着急促的喘息声。

三斑几人面色凝重。

"你人，"三斑缓缓开口道，"不是我们不讲情面，斑斑有斑斑的规矩，不能破。我们不允许任何人下跪，做人要有尊严，放弃了尊严，就要接受惩罚。性命或许可以不要，但尊严不能丢。你人记好了！"她字字铿锵，语气冰冷威严。

郑言缓了几缓，稳定了情绪，怔怔地看着三斑。

"走与留就没必要再讨论了，既然来到斑斑，你们就到处走走。杂斑，带你人去慧斑、物斑看看，晚上去乐斑、戏斑瞧瞧，也不枉来斑斑一场。去吧！"三斑有些疲惫，摆摆手。红衣人招呼着三人，转身就往外走。

三个人都被刚才的场面吓到了，跟在红衣人身后，规规矩矩，一声不出，气氛有些沉闷、压抑。

红衣人停下脚步，端详着三人，问："你人，怎么都不说话？"老傻捂住嘴，傻傻地摇头，唯恐祸从口出。

周班鼓足勇气，试探道："红衣大哥，不是我们不想说话，怕是说错了话，又要挨罚。"

"看来刚才吓得不轻，你们不了解三斑，三斑、四斑几位是我们的斑主，斑斑能有今日的安宁幸福，最辛苦的就是斑主。斑斑若是没了规矩，岂不乱了套？你们只要不破规矩，尽管讲，有什么疑问只管问。"

"嗯！我们知道了。"

周班接着说道："红衣大哥，三斑是不是你们斑斑最大的斑主？为什么她脸上有三个斑点？四斑是不是有四个斑点？五斑是不是有五个斑点？你们为何满脸斑点？"

红衣人笑了笑，摇头道："你人，这一张嘴，便是一连串的问题，小脑瓜转得挺快呀！确实，斑斑每个人的脸上都有斑点，斑主也不例外。脸上的斑点越少，斑主的权力越大，同样责任也越大。三斑管理所有事务，其他斑主协助三斑。年龄越大，资历越深，斑点越少。三斑以前也是满脸斑点，她是从杂斑一点点地升至三斑的。"

"三斑就是终点吗？为什么没有二斑、一斑？或者零斑？"周班正值青春年少，提出的问题一个接一个。

红衣人面色有些凝重，仿佛陷入了痛苦的回忆，一会儿，长叹一声，道："哎！确实有过一斑、二斑，他们在斑斑的地位超过三斑，只是，为了保护斑斑，他们早就不在了。至于你人说的零斑……未曾有过，或许以后会有，谁又能说得准呢！"

郑言听了半天，终于抓住了问题的关键，语气有些急切。"红衣兄弟，斑斑可不能骗人，你们能让时间停止，没有人会死去，怎么斑主反而没了？到底是怎么回事？"

"你人，还是别问了，那是一场灾难，必须有人做出牺牲，两位斑主用生命换来我们所有人的安宁。所以，至今斑主一直停留在三斑，一斑和二斑的位置永远留着，我们会生生世世记住这两位斑主的。"

既然人家不愿提及，话题又如此沉重，三人也不好再往下追问。

周班又换了话题，问："红衣大哥，你脸上的斑点，怎么也有三四十个，要多久才能当上斑主啊？"

"斑斑没有人会刻意追求什么，干好该干的，不生贪念，斑点会一点点变少。至于斑主，责任太重，牺牲太多，只有德能兼备者才配担任。但凡当上斑主的，必有大智慧、大牺牲。"

听了这些话，就连痴痴傻笑的老傻也拧眉，陷入沉思。

"如此说来，几位斑主令人钦佩。我还有个问题。"周班小脑瓜飞转，又开始提问。

"既然时间停止了，你们永远是现在的样子，该不会都有几百岁了吧？"

"斑斑的存在都不知有几百上千年了，具体多少岁，没人知晓，也没人在意，我们只看斑点，不论年龄。"红衣人的回答一次次刷新着三人的认知，三人一时半会难以消化。

三个人越走越疲惫，而红衣人依旧步伐稳健，脚下生风。

郑言伸手抹了一把额头的汗珠，喘着粗气，道："我们能不能歇会儿啊！我走不动了。"说罢，他干脆一屁股坐到地上，几个人也跟着坐下来。

"你人，这身体可不行，你们必须多锻炼。"周班感觉周围暖暖的，索性放个松，四脚朝天，躺在地上，仿佛有亮堂堂又温温暖暖的光照到身上，十分舒服惬意，却不晃眼。

这下问题又来了。"红衣大哥，你们这里没有太阳吗？靠什么照明取暖呀？我怎么感觉头顶上有东西挡住了阳光。"

一连串的问题，居然把红衣人逗笑了。

"你人，这小脑瓜！挺会抓重点啊！等一会儿到了慧斑，你就能知道答案了。慧斑集聚了我们斑斑最聪明的人，他们研究和发明各种物件，让我们的生活更加方便。虽然我们看不到太阳，可太阳就在我们的头顶上。斑斑的上空安装了隔阳板，将太阳光阻挡在外边。隔阳板存储的太阳能，可以满足我们的取暖和照明需求。它们经慧斑研发之后，夜晚、白天会自动调温、自动调光。"

"可是，为什么要阻隔阳光呢？晒晒太阳不是更健康吗？若是没了太阳，我们人类可是无法生存啊！"

"这正是我们斑斑与你们的不同之处，斑斑的祖先为了躲开太阳的直接照射，将斑斑用隔阳板罩起来，我们才得以生存下来。斑斑的祖先受过诅咒，一出生脸上就长满斑点，永远不能见太阳，否则，斑点就会扩散到全身，最后窒息而亡。所以我们既需要太阳，又害怕太阳。"

三个人听得云里雾里，好似清清楚楚，却又糊里糊涂。

这斑斑也太怪异了！

"好了，起来吧，我们一会儿就到慧斑了。"红衣人伸出手，拉起三人，又走了一会儿，便看到了移动的墙，几个人靠到墙上，飞速前进，一下子跑出了老远。

郑言的心情莫名地大好起来，他张开双臂，浑身放松，压抑了许久的心一下子敞开了。老傻也学着高举双手，闭眼享受。周班没有出声，眼眶湿润，是该放下了，失恋就失恋吧，没什么大不了的。

红衣人看着身边的三人，每个人的脸上都写有故事，故事里定有许多的无奈，轻叹一声，悄悄扭过头去。

第六章　慧斑

墙一点点地慢下来，移动的墙拐了弯后，眼前就出现了一个岔路。踩上去，脚下不再是坚实的地面，而是绿茵茵的草地，湿土的气息扑面而来。

"这是你们地球上的草坪，你们应该不陌生吧！"不等他们回答，红衣人接着说道："不过，地球上的东西到了斑斑，可是不一样了。这草坪不怕踩踏、不生长、不萎缩，任何时候都是绿油油的。当然，这都是慧斑的智慧。"周班暗自钦佩，就想快点见到慧斑。

三人远远瞧见一栋庞大的玻璃建筑，好似一个圆柱形发光体，玻璃泛着斑斓的光晕，一圈一圈地闪过，有点古代宫殿的韵味。三个人不由得加快了脚步，到了近前，这才看清楚，这巨大的建筑在飞速地旋转，看得人头晕目眩。

老傻双手抱头道："头疼，头疼！我不行了。"郑言和周班也慌忙扭头，不敢直视玻璃建筑。

红衣人调侃道："你人，不是要看慧斑吗？怎不敢看了？"

"这建筑转得人眼花缭乱，怎么看？"郑言没好气地回道。

"没有三斑的允许，这慧斑是不能进的。所以它看上去在飞速旋转，就是为了不让人靠近。跟我们走吧！"三个人低着头缩在红衣人身后。

一个红衣人走上前，双手轻轻放到玻璃上，三人的眩晕感瞬间消失，原来这玻璃建筑的旋转，只是个错觉！单凭这一点，可见慧斑智慧了得，周班心里暗自点赞。一扇门自动打开，几个人快步走进去。

里边豁然开朗，酷似一个体育场，至少能容纳几万人。

周班感觉脚下松软，低头才发现脚下是黄色的草坪，这草坪有两三米宽，沿着外侧的玻璃正好围成一圈，俨然一条黄色的环形跑道。

红衣人提醒道："你人，站稳了，注意往里边看。"话音未落，黄色的跑道缓缓转动起来，三个人抬眼望去。

一个个巨大的环形桌面，泛着黝黑的光，从外往里，大圈套小圈。上百名红衣人坐在环形桌子前，双手飞快地操作着。再看他们面前的机器，是半人高的球体，红衣人时不时地触摸球体，或低头敲击键盘，偶尔两个红衣人"唰"的一下换个位置，继续操作。这球体应该是电脑之类的东西，比电脑不知要先进多少倍。

周班好奇地伸长脖子，恨不得把这东西都看到眼里去。

几个人的到来，并未影响慧斑的工作，他们凝神操作，专注、专一！

"这是慧斑的核心智慧，其研究出来的东西，就是你们地球人所说的高科技。比如，卫生间里的设备都是他们研制的；还有，晚上屋子的光线，会根据时间、睡眠自动调整明暗；钟表自动报时；需斑食物用量的设定……这些都是慧斑团队的杰作。"

听着红衣人的介绍，周班不禁感慨道："真是了不起！这得用掉多少脑细胞，不会过劳死吧！"

"只有你们地球人才有过劳死。斑斑的工作时间每天最多四小时，上午不超两小时，下午不超两小时。晚上就是休闲、娱乐、睡眠。"

红衣人多少有些炫耀。是啊！斑斑有炫耀的资本！三个人都羡慕不已。斑斑简直就是人间天堂！郑言暗自赞叹，同时也更加坚定：决不回去！

脚下的黄色跑道在缓缓地移动，转到另一个侧面，眼前又是另一番景象。

几台庞大的机器正在运转，红衣人眼中放光，忙不迭地开始介绍道："这里是入口，与地下管道相连，经过处理的垃圾由此进入机器，按照特定程序设置，在里面完成几十道工序，最后输出成品。"

"再去出口看看。"顺着红衣人手指的方向，三个人抬眼望去。

随着脚下黄色跑道的移动，三人清楚地看到了成品：奇形怪状的灯泡、毛茸茸的地毯、小巧精致的饰品等，红色的、黑色的、透明的、陶瓷的、球状的、心形的、高的、矮的、凹的、凸的……千奇百怪，应有尽有，令人目不暇接。

几个人伸长脖子，大脑一片空白。睁大眼睛，看着这些熟悉又陌生的东西。对，就是熟悉又陌生！好似都见过，却又不完全一样。三人也只能看着，眼前的一切如同密封在壁橱里的高档展品，赏心悦目，却遥不可及。

耳边是机器的嗡嗡声，除了这个声音，一切都远得恍如隔世。云点儿、妈妈、老婆孩子，仿佛被无形的东西推到了天边，跳出天际，小至一个点，直至空白。大脑空白了，便忘了身在何处，如同被线拽着的木偶，机械、木讷。

三人渐渐远离了黑色机器，嗡嗡声也从耳边消失，静止的一切开始回笼，被抽走的血液瞬间充斥全身，呼吸声格外粗重，三人还魂了！

红衣人有些想笑，满满的自豪感从嘴角溢出，道："刚才你们看到的是慧斑的生产核心，地下有巨型仓库，可以储藏斑斑几百年需要的物品，用斑主的话说，这叫'有备无患'。至于原材料，它们都来自你们地球，但我们生产出来的物品在地球上是绝对没有的。即使个别物品外观一样，它的功能却不尽相同。"

周班猜到了这样的结果，却还是难以接受：自己丢弃的垃圾，在这里成了宝贝！这真的不是做梦吗？人就是这样，遇到无法接受，或者不愿接受的，就爱找妖魔鬼怪当借口，以此说服自己。

斑斑的智慧，超过地球千百倍，反观地球人，张狂得不得了，比钱、比权，比来比去，然而这些在斑斑面前小得不值一提。

郑言也回过神来，又开启大老板的思维模式，说道："红衣弟弟，你们斑斑也太聪明了吧！一定是脑细胞多，大脑发达，远远超过我们这些人。"

"你人，你们说错了，我们斑斑的祖先也是地球人，为了逃避地球人的尔虞我诈，才躲到这里的，在宇宙建立了斑斑王国。我们的大脑与你们一样，只不过我们所有的心思都用来专注一件事，从不会去追逐金钱名利，更不会钩心斗角。你们地球人杂念太多，想想看，一个大脑生出千百个想法，是不是哪个也干不好？我们每个人恪尽职守，一心一意地维护斑斑，斑斑才会越来越好，千百年来经久不衰。"

这一番话说得郑言无地自容，老傻仍旧默默地站在一旁，眼神里多了几分深邃。

能把一个大公司打理得红红火火，郑言也不是白给的，眼前的一切早已在内心掀起惊涛骇浪，可嘴上却不服气。

"你们话倒是说得轻巧，我们若是有了你们这些先进的设备，也不会去争大掰小了，什么也不缺，还争啥？"

红衣人摇摇头道："斑斑是一点点发展起来的，也经历了最困难的时期，不过，大家齐心协力挺过来了。"

郑言张张嘴，还想找个理由，分辩几句，终究没有开口，十几年的商场打拼，自己的心也不免被黄金白银裹挟，少了温度，失了血性，好在还有良知！此时的郑言并未察觉，自己的内心正在发生着微妙的变化。

第七章　初到物斑

不知不觉，脚下的黄色跑道停了下来，几个人出了慧斑，脚下仍是绿油油的草坪。

周班回过神来，猛然回头，眼中满含不舍和期盼。他多么希望自己的国家也能拥有慧斑的高科技，人们也能过上如此美好的生活啊！只是，地球人不知要等到何年何月。

见周班面色凝重，红衣人拍拍他的肩膀道："你人，斑斑发展到今天，是斑斑人千百年努力得来的，你还年轻，只要肯努力，你们也可以。"

周班用力点点头。"对，你们能做到，我们也可以，总有一天会追上你们，超过你们。"

"你人，有志气！"红衣人竖起大拇指称赞道。

半天不出声的老傻忽然憨憨地笑了起来。"小兄弟，加、加油！"

"呵！老傻也会加油了！喊口号谁不会？追上斑斑？难！"郑言边说边摇头叹息。

周班心中的热情如火炭般被点燃了，没心思和郑言斗嘴，紧跟着红衣人，忙不迭地问道："红衣大哥，我还想问个问题，说出来你可别惩罚我呀！"

"说来听听。"

得到认可后，周班问道："我就是好奇，你们没有土地，粮食蔬菜从哪里来？不会是从我们地球上偷来的吧？"

"哈哈、哈哈！"两个红衣人同时大笑起来。郑言一把拉住周班，眼神满是责备：你小子真敢问！

"你们可是答应了，不会惩罚我的！"周班有点后悔，慌忙与红衣人拉开了距离。

"你确实说错了话，不过，不会罚你。'偷'这个字只在地球上存在，我们斑斑从来不用。你刚才说的话，也不无道理，我们的粮食、蔬菜、用品都是来自地球，但不是偷来的，而是捡来的。你们丢弃的垃圾被我们捡回来了，就满足了我们所有的衣食住行需求。"

"什么？垃圾？"郑言追问。

"是，我们靠地球人丢弃的垃圾生存。刚刚慧斑用的球形电脑就是你们不要的，它们到了慧斑手里，经过加工升级，可以设计出更多东西。还有，需斑的食物也是你们浪费扔掉的，我们回收了。"

郑言一听，自己吃的东西是捡来的垃圾，一阵恶心，道："别骗我们了，那些食物明明就是刚做出来的，还冒着热气，怎么会是厨房垃圾？我不信。"

"我就知道你们不信。走，我带你们去物斑瞧瞧，看看你们人类的垃圾是如何变成宝物的。"

几个人沿着绿色草坪走了一会儿，又来到那条宽阔的街道。

街上有些冷清。周班忍不住问道："红衣大哥，这路上怎么没人？斑斑的人呢？"

"我们也要工作学习，过一会儿就热闹了。"

几个人靠到墙上，飞速前行。"我们快点去物斑，再有一个小时就收工了，再快点儿。"说着，红衣人身子稍稍往后用力，速度又快了许多。

没多久，速度慢了，几个人离开墙壁，走上一个岔路，这次脚下是黑黄相间的地面，不过黑色地面要长一些，黄色地面基本上就是一个小正方形。

周班好奇地数着步子，又开口道："红衣大哥，这条小路有点奇怪，一会儿黑，一会儿黄，我数了数，这黑色的长度恰好是黄色的十倍。为何要这样设计？"

"你人，这小脑瓜不用真可惜了。这条路是物斑干活的必经之路，一种颜色太单调，容易疲劳。黑色区域不能停留，物斑的人只有到了黄色区域才可以休息。这样，既劳逸结合，又不会太随意，这个比例是慧斑测算出来的，有益于人的健康。"

几个人对慧斑的崇拜又多了几分。

郑言触动最大，自语道："若是可以重来，我也要学习斑斑，让员工快乐工作，健康生活。哎！可惜，我没时间了。"声音不大，几个人听得清清楚楚，都沉默着，只顾闷着头走路。

走了一会儿，一座高大的建筑出现在眼前，分为上中下三层。最底层是一个黑色的大圆盘，中间一层明显缩进去七八米，也是一个大圆盘，颜色变成了黄色。再往上是一个红色的圆盘，直径又小了许多。整个建筑从下往上形成了三个环形的圆盘。

底层黑色平台上站着三四十个黑衣人，他们围成一圈，目光集中到一个黑色的粗管子上。这个粗管子从黑色圆盘侧面伸出来，像一只粗壮的手臂，一直伸到地面。

几个人仰头，见二层黄色圆盘上也站着几十个人，穿黄色衣服，他们围着一根黄色管子。粗壮的黄管子同样如手臂般伸出来，倾斜着，与黑管子并排落到地面上。

再往上看，三层也输出一根红管子与地面连接，圆台上站着一圈红衣人。红、黄、黑三根管子贴在地面上，管口似三张撑开的大嘴，随时准备吞吐东西。

顶层正中央有一根巨大的黑管子，直径足有十几米，高高地延伸到远方，不知伸向哪里。

周班三人被那三张大嘴吸引着，往前紧走几步，便听到了轻微的咔嚓声，像是机器齿轮转动的声音。三人抬头找了一圈，也没发现声音是从哪里发出的。于是，三人再次看向地面，这才注意到，有东西从黑色的大嘴巴里吐出来，吃的、用的、玩的……应有尽有。

地面上有一条黑色的传送带，正好围着建筑物的一周缓缓移动。

三张大嘴巴与传送带自然衔接，黑管子里出来的东西便稳稳地落到传送带上。此时，一杯冒着热气的茶水被送到传送带上，居然没有一丝晃动，没洒出一滴。真是神奇！

周班又往前挪了几步，看得越发清晰。传送带绕着圆盘移动，随后自动从中间分叉，一半继续绕圈移动，另一半则载着东西脱离了原来的轨迹，迅速远去，速度快了许多。

三人的目光追随着远去的传送带，追着追着，居然毫无征兆地在视线里消失了。后边的物品依旧源源不断地输送到那个消失点。

周班很是好奇，看着、琢磨着，这架势……有点像商场里的滚梯，滚着滚着便扎入了地下。对！这些东西应该是去了地下。

郑言却是抓耳挠腮，不明所以，便忍不住问了："红衣兄弟，这些东西都去哪了？怎么突然就不见了？"

"储藏起来了！我们地下有储藏室。"

"居然藏到地下去了，又不是啥宝贝！茶水、馒头，至于藏起来吗？"郑言不以为然地问道。

红衣人没有接话。三人收回视线。

过了一会儿，黑管子的出口不再有东西出来，咔嚓声骤然消失。

停了大约十几秒，一个声音响起："调到前天。"只听"咔"的一声，耳边再次传来"咔嚓""咔嚓"的声响，应该是机器开始运转了。

二层黄管子的出口开始有物品涌出：两个西瓜、几个桃子、五六个布娃娃、一盆绿萝、一支牙刷、一盘米饭……经黑色地面缓缓送出去。看样子也是沉入地下，藏起来了。

郑言三人的目光在出口和传送带之间来回探寻，那些东西果真都是他们常见的，可怎么看也不像垃圾！完好的大西瓜，能扔了？除非脑子有病！还有那热气腾腾的米饭，看样子都未动过，怎么就成了垃圾？三人满脑子都是问号。

过了一会儿，黄色嘴巴再没有东西吐出来。又听到那个声音："调到大前天。"又是"咔"的一声，"咔嚓"声响起。

红管子的出口也似一张张大的嘴巴，开始吐出东西：硬邦邦的冰块、生日蛋糕、电视、椅子、书本……吃穿用的，种类繁杂。

过了一会儿，"咔嚓"声彻底消失，三张大嘴自动闭合了，休息时间也到了。

周班三人神情有些呆愣，身子僵直，脖子伸长，盯着这三个大圆盘，上下左右看了半天，渴望能看出点什么。他们又紧盯着静止的传送带，再看看红黄黑三个管子紧紧闭合的出口，终是一无所获，满是失望。

工作人员从机器上下来，绕到建筑物的后边。再出来的时候，每个人都搬着东西，居然是方砖，就是家里砌墙用的，很常见，就是不知搬到哪里去。

太多的疑问把大脑塞得满满的，周班一时不知如何问起。见他们在那发呆，斑斑的人朝他们晃晃手，打着招呼："你人，你们好！"还有的人小声嘀咕道："这是真正的你人，和我们在戏班里看到的一样。"三个人机械地回应着。

目送这些人走远后，周班一把拉住红衣人，迫不及待地开口道："红衣大哥，你们太神奇了！什么也不用干，要什么有什么，简直赛过神仙！"

老傻也憨憨地点头，"真好！真好！"

"你人，说得不对，怎么能说什么也不干呢？刚才这些人都在干活，你们看，哪怕回去吃饭，他们也很少空着手的。"红衣人有些不高兴了。

"红衣弟弟，我正要问你，他们将这些砖搬到哪里去？不是有会移动的地面吗？放到上边不就行了吗？"郑言问道。

"这就是你们常说的'负重前行'，实际上，我们有了慧斑的智慧，完全可以脱离劳动，可是时间久了，人们难免会养成好逸恶劳的恶习。因此，斑斑定下规矩，人人都要劳作，都要付出。小孩子要学习，成年人要工作，这样斑斑才会持续发展。"

红衣人边走边说，前面搬砖的人脚步轻快，踏上了黑黄相间的道路，他们累了就在黄色地面上歇一歇，三三两两，有说有笑。

三人眼见一个年轻一点的人从另一个人手里抢下两块砖，搁到自己的那一摞上面，搬起来就跑，引得众人哈哈大笑，这架势，仿佛多搬几块砖占了天大的便宜一般。他们一张张通红绽放的笑脸，浸着汗水，闪着亮光，嘴角眉梢写满了幸福。

"不必羡慕我们，事在人为！"红衣人拍拍周班的肩膀，接着说道，"在你们眼里，我们或许是愚钝的。你们猜猜，这些砖会被搬到哪里？"

红衣人继续自问自答："现在他们要去斑斑吃饭，然后回去午睡，走到哪儿就搬到哪儿。下午他们又来干活，再搬回来。每天如此。"

这不是做无用功吗？郑言心里想，却没敢说出来。

"当然，搬多少，或者不搬，可以自己选择，只要没有私心，斑斑的每个人都是自由的。"

一时间，三人又陷入了沉默，准备好的话实在不好意思问出口。

斑斑傻吗？反正地球人不会做无用功的，或者说是无利不起早的。

眼前的一切，周班有些看不明白，然而大脑却是异常活跃，乱糟糟的记忆硬生生地从角落里冒出头来。

周班的记忆基本上是从幼儿园开始的，上小学之前都是幸福甜蜜的。后来，爸爸意外去世，一切都变了。妈妈苍老了许多，却硬生生地撑起了这个家，为自己遮风挡雨。妈妈整日为生活奔波、劳累，其中的艰辛如同一根刺扎在周班的心里。

妈妈总爱絮絮叨叨，说现在的生活如何如何好，以前的生活如何如何苦。妈妈说起她小时候，谁家有一辆自行车，可是不得了，几十里的路基本上都是依靠步行。这些，周班只在电视里见过，没啥深的体会。可如今科技的突飞猛进却是显而易见的，不容置疑。摩托车、汽车、电动车等，普及率越来越高。甚至有人开玩笑说：现在的社会真好！你只要屁股往上一坐，想去哪就能去哪。

然而，生活变得越来越便捷，人却也越来越懒：手里拿瓶水都嫌沉；快递要送到门口；上二楼也要坐电梯；吃饭叫外卖；购物刷手机……谁会搬着一摞砖跑来跑去？简直是笑话，是天大的笑话！

可不就是笑话吗？反正，老傻都不会去拿垃圾桶里没用的东西。

可是，三个人细琢磨，反而越发糊涂，这砖搬来搬去，到底是对是错？有用没用？或许角度不同、追求不同吧！不过，眼前的三个人已经开始动摇了，这世间的事哪来那么多对与错？斑斑自己高兴就好！关别人何事？

想那么多干吗？不累吗？

几个人不知不觉地到了需斑，吃饭的人有很多，却井然有序。

三人又美美地吃了一顿，这才向红房子走去。

看着街上三三两两的斑斑人，周班想到一个问题。"红衣大哥，我看来吃饭的有几百人，斑斑应该有上千人吧？"

红衣人笑笑，"你说少了，我们有几万人。"

"有那么多？"郑言张大嘴巴道。

周班也有些不敢相信，问道："可是，我们看到的也就几百人，人都去了哪里？"

"我们和你们地球人一样，工作、学习、吃饭、睡觉、休闲、娱乐。你不可能看到每个人。"

红衣人的话确实在理，可是，周班和郑言总觉得有点夸张，想着有机会好好转转，看看斑斑的人都藏到哪去了。

说话间，几个人不知不觉地到了住处。眼见红衣人要离开，周班赶忙开口道："红衣大哥，我还有个疑问，可以说吗？"

"有啥问题下午再说吧！你们先休息一会儿，午休时间不能干别的。"说完，红衣人转身离开。

老傻在四面是墙的屋子里，慢悠悠地踱着步，这摸摸，那拍拍，时不时地歪头凝眉、思索着，那架势，好像真能悟出什么。周班、郑言则是一屁股坐到床边，好半天没出声。他们回想着这一天的经历，似梦似幻，感觉云里雾里，很没真实感。

郑言低声开口道："小兄弟，我怎么觉得这就是在做梦呢！哪里有这样的地方？这比我们追求的共产主义还要美好，有点像，像什么来着？"见他挠头思忖，周班接道："像陶渊明的世外桃源。""对！对！这里就是世外桃源。真是一段奇遇，我有了这段经历，就是现在去死，也不觉得委屈了！"

"死"字出口，郑言有些愣怔，这才忽地想起自己是将死之人，心中泛起一丝苦涩。

"是啊！郑老板，如果我们国家也能像斑斑这样，那该多好呀！"

"小兄弟，叫我大哥吧！听着亲切，再说了，啥老板？在斑斑这里啥都不是。用个不文明的词，狗屁不是！"郑言拍拍周班的肩膀，自嘲地笑笑。

"啥狗屁？"不知何时，老傻凑过来，俯身到两人面前傻笑。

郑言将视线落到老傻的脸上，啧啧几声道："傻人有傻福啊！老傻也能赶上这段奇遇！天意，天意呀！"

老傻露出半颗门牙，一扭屁股，坐在两人中间，有些沾沾自喜。他微微晃动着身子，那架势，似乎要高歌一曲——《翻身农奴把歌唱》。

周班被老傻逗笑了，由衷地说道："郑大哥，我觉得老傻叔一点儿都不傻。"两人扭头看着老傻，突然一起哈哈大笑，老傻左看右瞧，捋捋杂乱的长发，怡然自得。

一会儿，屋子又安静了下来。周班轻叹一声，"哎！郑大哥，斑斑太神奇了！尤其是物斑，我们扔掉的垃圾，他们居然可以回收，热气腾腾的饭菜都可以弄过来，可真是了不得！只是我弄不明白呀！"

"哎！是有点糊涂。怎么还可以回到前天、大前天？难不成这里真的可以让时间倒退？"郑言思索着。"看样子，好像是。下午我们再仔细问问。"两人说话间，屋内光线暗了下来。三人索性躺下，不知不觉地睡了过去。

这一觉他们都睡得很沉，并且自然醒来。郑言去了卫生间，需要什么，随口一说，东西便会在恰当的地方出现，似乎每个角落都安了伸缩装置，需要时出现，用完后隐藏。

收拾停当，一个声音响起："斑斑时间下午两点，该出去了。"三人只闻其声，却找不到声源，便不敢停留，走出屋子，见斑斑的人纷纷往外走，就跟随人流出了红房子。

再见到那两名熟悉的红衣人时，周班有些迫不及待地说道："红衣大哥，我都快憋死了，有一堆疑问，现在可以问了吗？"

"走吧！我们边走边说。"两名红衣人一左一右地将周班夹在中间，郑言、老傻紧紧跟在后面。

几个小孩子恰巧从他们身边走过，他们挥舞着手道："你人叔叔！你人哥哥，你们好！"三人回应着，目送孩子们走远。

周班问道："红衣大哥，你们也有学校吗？孩子们是不是上学去了？"

"你人，这小脑瓜最灵光！"红衣人微笑着说道。

"我们斑斑有学校、有老师。你们地球人的知识，是斑斑的必修课，是最基础的课程。而更多的是学习慧斑的知识。斑斑要发展，必须从小孩子抓起，一代一代成长，不断研究出更多的好东西，让斑斑的人越来越幸福。"

"学习知识固然重要，我们更注重孩子们品行的培养。"红衣人自顾自地说着。

周班一拍脑门，道："我想起来了，红衣大哥，那个飘在半空的孩子，犯了错，受了惩罚，你让他去一宫干活，这一宫是什么地方？是不是相当于我们的劳教所？"

"你人，这话有点重了。我们斑斑没有劳教所，更没有监狱，因为，我们不需要。"

红衣人显然不太高兴。

"一宫里有很多活可以干，当然，都是量力而行的。比如，浇花种草、挖土砌墙、洗菜洗衣。总之，地球上的力气活在这里基本上都有。"

三个人不敢随便插话，静静地听着。

"一宫除了有可以适当劳作的活之外，还有小市集、小摊贩，有买有卖。这些都是模仿你们的，只当作娱乐。"

见周班几人眼里放光，红衣人说得越发带劲。"一宫还有山水，可供游玩。""一句话，一宫就是一个小地球。用你们的话说，一宫就是一个模型，一个地球模型，或者说是一个大玩具，供我们健身休闲。"

"我的天！我们地球在你们斑斑眼里，就是个玩具吗？忒小瞧我们了吧？"郑言很是不满，有点将信将疑。

说话间，三人又见两个孩子背着书包，靠在墙上，飞快远去。

周班很羡慕斑斑的孩子，实际上是羡慕斑斑的每一个人。

郑言觉得输什么也不能输了气势，语气明显有些不屑。"红衣兄弟，说了这么多，还不是因为你们斑斑都是天才，比我们聪明！我们就是普通人，跟你们比不了。你们占了先天的优势，因此也没啥了不起。"

红衣人笑着摇头，没有接话。

周班却不赞同。"郑大哥，你这话不对！聪明固然重要，可关键是，聪明要用对地方，你没听说过'聪明反被聪明误'吗？我们眼里的聪明，是过于精明，事事算计，最终换来的是什么？是原地踏步，甚至倒退。"

"小兄弟，这话有点过了。就拿我的公司来说，几年前不过几十万元的收入，这两年已经不下几百万元，这不是进步吗？"

"大哥，这就是你衡量进步的标准？你看看斑斑，可曾提到一分钱？"

两人你言我语，争执得不可开交。

红衣人赶忙制止道："好了，你人，一会儿我们再去物斑看看，答案你们自己领悟吧！"

第八章　再来物斑

三人一路上见到斑斑的人，他们三三两两结伴而行，不急不缓，有说有笑，大都搬着砖头，看样子也是去物斑。他们走在黑黄相间的地面上，累了就在黄色地面歇一会儿，或者聊上几句。

周班这才注意到，黑黄小路的两边是平坦的塑料地面，上面有花鸟虫鱼等各色图案，看上去十分赏心悦目。

老傻也注意到塑料地面，低头看得很专注。突然，他大叫一声，狂奔过去，跪趴在一块塑料上，双手抚摸着，声音颤抖，低声呜咽，实在压抑不住，便号啕大哭起来。四周的人都停下脚步，不知发生了什么。

周班和郑言急匆匆跑过去，问道："老傻叔！怎么了？"周班蹲下身，摇晃着老傻。

"闺女！闺女！我的闺女！"老傻喊了几声，又是一阵号啕。

郑言扒拉开老傻颤抖的双手，那塑料板上有一幅画：一个小女孩扎着两条羊角辫，左右手拉着一男一女，看上去是一家三口，落款字迹有些模糊。周班仔细分辨，念道："安爷和小美女、大美女。"

"安爷？安爷是谁？老傻叔，你认识安爷？"

"我！我！我是！我是安爷！"老傻粗糙的双手又抚摸图案，泣不成声。

周围一下静了下来，老傻的一声声哭泣，撕扯着每个人的心，扯得生疼。

郑言缓缓起身，道："老傻的老婆、孩子早就不在了！"说着，他忍不住背过脸，偷偷擦掉眼泪。

不知过了多久，老傻哭累了，周班搀扶着起身。

老傻浑浊着双眼，四处找寻着。他猛地一把抓住红衣人手臂，哆哆嗦嗦恳求道："求求你，求求你，把这幅画还给我吧，求求你了。"说着，他就要下跪，二人连忙拉住老傻。

老傻疯了一般，摇晃着红衣人，哀求道："这是我闺女画的，求求你，给我吧，求求你了。"

红衣人不知何时湿了眼眶。"好！好！我答应你，一定给你。"红衣人安抚老傻许久，老傻总算稳定了情绪，几个人这才向物斑走去。

一路上没人说话，老傻不哭不闹，有些痴愣地挪着脚步。

到了物斑，红衣人才缓缓开口道："你人，物斑到了，这物斑与地球联系最紧密。我带你们好好瞧瞧。"

三人跟紧红衣人，双脚踩上一个圆形图案。红衣人接着说道："把我们升高些，看得更清楚。"

听到指令，这圆形图案开始升高，几个人渐渐离开地面，脚下居然是一个圆柱形升降台。他们一直升到与物斑的最高点齐平时方才停下，整个物斑的一切尽收眼底。

红衣人指着顶层粗壮的黑管子说道："你人，那个黑管子，一直延伸到黑门，黑门与地球连接，地球上的垃圾就是通过这个管子被源源不断地输送到斑斑。"

"垃圾？真的是垃圾吗？"郑言争抢着提出疑问。

"你们的垃圾供养着整个斑斑，我们所有吃穿用度都是来自地球的垃圾。"红衣人凝视远方，语气少有的郑重。

"我有点怀疑。"郑言实话实说，"你们斑斑有智慧，这点我承认。可是我们的生活垃圾有的可以回收，有的只能扔掉，怎么可能满足你们所有的需求呢？我不信！"

"你们不信，这也不奇怪，在地球上没有用的东西，我们斑斑可以实现回收利用。"

红衣人接着说："我们可以让时间倒退，把垃圾还原，就比如那个西瓜。"三人顺着红衣人指的方向看去，底层的管子里果真滚出一个大西瓜。

"这个西瓜就是昨天被你们地球人吃完扔掉的。物斑这三层分别还原昨天、前天、大前天的垃圾。底层还原的是昨天的东西，这个西瓜进入斑斑时是垃圾，还原到昨天就是一个完整的西瓜，然后被送到需斑存储。"

听完这话，不仅周班和郑言惊掉下巴，就连悲痛中的老傻也瞠目结舌。

三人愣了半天，突然郑言猛然高举右手，大喊："我有问题！我有问题！"他自知失态，讪笑着放下手，问道："你们将垃圾还原，可以让时间倒退？"

"嗯！基本是这个意思。我们斑斑有两个地方可以让时间倒退。一个是物斑，是为了生存的需要，但是只能倒退三天；另外一个地方就是时斑，时斑控制着整个斑斑的时间，可以让时间前进、后退、停止。但是，变动时间必须由三斑到九斑这七位斑主一致通过才行，若是有一位斑主反对，时间就不能动。"红衣人耐心回答着郑言的问题。

周班高举右手道："我也想说，就是怕得罪你们，我怕受到惩罚。"

见他如此认真，红衣人笑道："说吧！憋在心里多难受！"

"那我可说了。"

周班试探着开口道："我觉得你们涉嫌偷盗我们的东西。不过，请听我说完。"

周班左右看看，果真没受惩罚，这才继续说道："你们把垃圾回收，算是好事，可是你们这样，是不是相当于在抢我们的东西？就比如这个西瓜，你们还原拿走了，地球上是不是就少了这个西瓜？准确地说，你们的行为就是'偷'。"

周班说完，感觉话说得有点重，讪讪地偷瞄了红衣人一眼。

红衣人沉默了几秒，面色凝重，轻叹一声，道："哎！事实上我们只回收、加工地球垃圾，完全可以满足斑斑需求。之所以研制还原垃圾的设备，是我们实在看不惯地球人的浪费行为。我们慧斑研究的还原系统，就是为了惩罚你们。不是所有东西都会还原。还拿这个西瓜来说，整个西瓜，你们地球人只吃了三分之一，扔掉太可惜了，所以就被我们还原了。若是浪费超过二分之一，它就在我们还原的范围之内。系统设置非常严格，所以，还原的东西越多，说明你们浪费得越多，我们心里就越不舒服，我们很想唤醒你们。"

红衣人说完，不住摇头。这一番话说得周班二人自惭形秽，就连老傻也耷拉着脑袋。

"好了，好了，不说这些了。"红衣人赶紧打破尴尬。

郑言轻咳一声，道："红衣弟弟，时斑可以让时间倒退，我想去看看。"

"绝对不行，没有斑主的允许，你们去不了。你人，是不是动啥歪心思了？别想动时间，时斑是我们的命脉，不能动。"另一红衣人的脸上也有了怒色。

周班悄悄拽拽郑言的衣袖，两人都识趣地闭了嘴，看着眼前庞大的机器，心中五味杂陈。

红衣人转移话题道："斑主怕你们无聊，特地叮嘱我们带你们四处走走，估计这一两日你们就要回去了，有什么想看的，想问的，你们尽管说。只要不伤害斑斑，我们都可以满足。"

周班思索了一会儿，说道："那我说说我的理解，看看对不对。底层可以还原到昨天，二层的机器可以还原到前天，三层的红色机器可以还原大前天的东西。"

"嗯！你人果然聪明，说得没错。大部分垃圾在这里是不能被还原的，我们将这些垃圾消毒过滤处理，送到慧斑。到了慧斑，可以进行二次加工，经过升级改造，成为我们的生活用品；没有任何价值的废弃垃圾，送到慧斑的污物分解机，经过高压、粉碎、分解，全部制成斑斑所需的氧气和水，源源不断地供应到斑斑空间。地下储存的氧气和水至少可供斑斑生存五百年。这是斑主的智慧，更是斑斑人同心协力的结果。同样，我们储存的食物至少能支撑五百年。"

"我的天哪！你们在斑斑可以什么都不干，躺上五百年，吃穿不愁，太神奇了！"郑言惊叹不已。

"我郑言发誓，一辈子不离开斑斑，这里简直就是仙界，我就住这里了，坚决不走。"郑言说着，举起右手，紧握拳头，做了一个宣誓的动作。

周班低头不语，陷入沉思，好半天才开口，语气有些沉重。"地球每天产生的垃圾数以万计，处理垃圾是一大难题。如果斑斑能把地球上的垃圾都吸过来，进行处理，地球会更加干净整洁，这是双赢。"

周班变得有些激动，还想继续说，却被红衣人打断了："斑斑还不及地球的千分之一，根本容不下那么多的东西，所以每天吸收处理的垃圾是有限的，凭借地球人的智慧，你们一定可以处理和利用好这些垃圾，变废为宝。"

周班并不气馁，小脑瓜飞速运转着，变换了角度继续说道："红衣大哥，要不这样，请带我去见斑主，把这机器借给我们，垃圾难题就能解决了。"

周班急切的样子，两个红衣人为之动容：小小年纪，如此大的格局，不容易呀！

一个红衣人笑着开口道："你人，经过千百年不懈的努力，斑斑才有了今日的成就，这不是一蹴而就的。斑斑能做到的，在地球上未必行得通。我这样说，你能听懂吗？地球上不缺大智慧的人，而是缺乏一颗平常心，若地球人能够放弃贪念，专心于一件事，总有一天可以追上我们斑斑的。"

郑言不住摇头，暗自叹息。多年的商海沉浮，他看惯了人情冷暖、尔虞我诈，哪里还有平常心？人们在金钱利益的驱使下一路小跑，淡了亲情，丢了健康，忘了初衷，最后攥在手里的钞票也没有了温度。郑言有点想笑，笑自己每天忙忙碌碌、劳心劳力，最后就落得个胃癌晚期！

不知何时，高台缓缓下降，物斑的人也开始收工，多数人手里搬着砖，少的一两块，多的五六块，也有的两手空空，很是随意。他们低声说笑着，果真是遂了个人意愿。他们从周班几个身边走过，热情地打着招呼，累了就在黄色地面歇脚，不急不躁，礼让温馨，眼神清澈。看着他们，不自觉地想融入其中，寻求那份温暖、那份惬意。

走上宽阔的街道，人们靠上墙面，缓缓行进。周班三人也随着人流靠在墙上，老傻微眯双眼，张开手臂，晃晃悠悠，陶醉其中。

郑言在老傻的手臂上打了一下，说道："你还挺会享受啊！我们还是快点吧！"说罢，他的身子就要用力。

老傻一下睁开眼，拽住他的胳膊。"你个大老板，别总咋咋呼呼的，急着干吗去？"

不远处一个满脸斑点的小伙子见到两人拌嘴，笑着开口："你人，收工回家，路上也是一种放松，速度太快难免会浮躁焦虑，除非有急事。你看，还有好多人走着回去的，依着个人的心态，怎么舒服就怎么来。"

郑言朝那小伙子讪讪一笑，然后贴近周班耳朵说："小兄弟，别想着回家了，咱们就留在这，好好享受。"

周班苦笑，心道："好好享受？斑斑这里一天，家里就是一个月，也不知道妈妈怎样了，她找不到自己，恐怕急疯了，还享受？难受还差不多。"他越想越心烦，闭上眼，暗自伤神。反观郑言，他似乎参透了什么，完全摆脱了不良情绪，左顾右看，又抬头看看天空，天空一片蔚蓝。按照红衣人所说，天空应该有一层隔阳板，他眯眼瞧了半天，也看不出有什么板子？正思忖间，阵阵香气飘来。老傻最先睁了眼："好香！什么东西？这么香！"于是，三双眼睛开始四处寻找。

第九章　香斑

　　一行人闻着香气离开移动的墙，又走了一会，踏上一条岔路。小路红黄相间，曲曲弯弯，绵延伸向远方。左侧有一个宽阔的广场，右侧被半人高的竹篱笆围起来，看样子是花园，竹篱笆翠绿欲滴，水灵灵的，让人忍不住想咬上一口。

　　广场上的人渐渐多起来，有的盘腿坐下，有的呈"大"字形躺在地上，有的走进了竹篱笆。地上的人都闭上眼睛，很是享受。

　　周班踩着毛茸茸的地面，感觉松软有弹性，但又看不出什么材质，便也有样学样，躺下，闭了眼。他感觉清风习习，阵阵花香扑鼻，脑子里空空的，身子变轻，仿佛飘浮在半空中，不自觉地张开双臂，贪婪地呼吸着，所有烦恼、疲惫都被抛到了九霄云外，浑身舒畅。

　　郑言站在一旁，见老傻也躺在那，一脸的满足，幸福仿佛从皱纹间溢出，便也悄悄坐下，闭了眼，身子不知不觉地躺了下去。哇，这舒服劲，难以言表。郑言轻轻舒展双臂，感觉自己变成一只蝴蝶，在花丛中翩翩起舞，身上的每一根汗毛都被花香浸透，沁人心脾，耳边虫鸟齐鸣。难道这就是仙境？郑言来不及思索，也不想思索，更没闲心思索，就这样飘着、飞着……

　　"真舒坦！"老傻忍不住说道。

　　三个人同时睁开眼睛，天空依旧蔚蓝，香气阵阵入鼻，感觉浑身轻松。

三人舒展筋骨，仿佛年轻了许多，坐起来，环顾四周。

两名红衣人也正好起身，微笑着问道："你人，怎么样？舒服吗？"

"嗯！舒服！我感觉身体好多了。"郑言握拳挥了挥，很是兴奋。

"这里是香斑，地面是慧斑研究设计的，香味可以消除疲劳，愉悦身心。若你的身体有些小毛病，来这里躺一会儿就会好了。当然，你若有什么烦心事，来这闻闻花香，自然也就放下了。香斑还有一个篱笆花园，是斑斑人休闲的好去处，走吧，我们去瞧瞧。"

三人磨蹭着起身，依依不舍地离开广场，身心愉悦，步子也变得轻盈。

走进了竹篱笆，三人才发现竹篱笆编制得异常精美，一个个小动物贴在篱笆上，探出身子，眉开眼笑，似乎在和人们打招呼。仔细一看，只见那小老鼠尾巴又细又长，高高翘起；老黄牛瞪着铜铃般眼睛，昂首挺胸；斑斓虎压低身子，气势威严；小白兔嘴里叼着胡萝卜，嬉笑顽皮……它们居然是活灵活现的十二生肖。

老傻咧嘴傻笑，皱纹堆起，双眼挤成一条缝，磕磕巴巴地说道："这，这，这，真招人稀罕！"他伸手就要去摸，周班赶忙拽住他，道："老傻叔，别乱动。"老傻讪讪收回手，突然往前紧走几步，指着篱笆喊道："大头儿子！灰太狼！啥都有啊！"果然动画片里的角色都出现在篱笆上。

周班发现大头儿子看着自己，就试探着伸出手，摸了摸大头，突然，大头儿子咧嘴一笑，居然开口了："你人哥哥，你好。""啊"的一声，周班吓得掉头就跑。

红衣人哭笑不得，喊道："你人，回来，别怕。"

周班捂住胸口，喘着粗气，躲到红衣人身后。"红衣大哥，吓死我了，它们都是活的，怎么会笑，还会说话？"

"这些都是慧斑的智慧，在篱笆上安装了特殊程序，一旦触摸它就会动起来，还会说话，若是你寂寞了，还可以和它们聊聊天，说什么都可以，这也是一种放松的方式。这是香斑特有的。"

老傻在旁边看着，小声嘀咕："不让我摸，这回吓着了吧！"

既然没有危险，老傻当然要试试，要摸就摸高级的。于是，老傻伸手去摸老虎的屁股，老虎扭了一下，躲开了。老傻又摸，老虎又动了一下，老傻还要伸手，老虎突然张嘴说道："你人，有事说事，老摸我的屁股干吗？"老傻吓得跳到老远，果真老虎的屁股摸不得！旁边的人都被逗得哈哈大笑。

老傻惊魂未定，抚着胸口道："我的天，这老虎成精了，成精了！"

红衣人被老傻幼稚的举动逗笑了。"你人，别怕，你再去摸摸它，好好跟它说话，它会好好待你的。"

老傻迟疑着，伸手拉住周班。"小兄弟，咱俩一起去摸。"

两人站到老虎近前，老傻开口试探道："老虎大王，你好，我来摸摸你，你可别动啊！"

见老虎没有反应，老傻又说了一遍。

"我没动，你摸吧！"老虎语气有些无奈。

两人吓得后撤一步。周班毕竟年轻，试探着凑近，摸了一下老虎的身子，说道："虎大王，你好！"

"你人，你好！"

"虎大王，你多大了？"周班没有了恐惧，好奇地接着问。

"你人，你们地球人不是忌讳询问别人的年龄吗？不过，斑斑这里没有忌讳，我在这里也有几百个年头了，还是第一次见到地球人，欢迎你们来到斑斑。"说罢，老虎竟然伸出一只前爪。周班刚要伸手，一只粗糙的手从旁边伸出，攥住老虎的爪子。原来是老傻抢先而行！众人都哭笑不得。

老傻握着毛茸茸的虎爪，不肯松开，突然旁边传来一声轻叱："你们眼里只有虎大王，就没看到我吗？"

众人扭头，只见一只长满五彩毛的锦鸡，抖动着翅膀，嘴巴一张一合着。

"你人，我给你们展示一个绝活，怎么样？"

几个人被锦鸡给逗笑了，走到近前，郑言甩了甩自认为帅气的短发，说道："漂亮的鸡公主，你看我帅气吗？咱俩谁更美？"

锦鸡上下左右打量一番，道："各有各的美！不过，我的绝活你可学不来。"说罢，它引颈一声长鸣，声音响亮清澈，接着，动物们齐声欢叫，闻声起舞。

三人呆愣愣地陶醉其中，半晌才回过神来，周班率先鼓掌，瞬时掌声响成一片，周围的人也跟着拍手。人们笑着、跳着、喊着，陶醉在欢乐的海洋里。

锦鸡抖抖羽毛又开口道："你人，我还有一件礼物想送给你们。"

说罢，它转过身，鸡屁股朝向众人，咯咯哒地叫了几声，一个白亮亮的鸡蛋从它的屁股里滚出来，正好落到篱笆的空隙中。周班反应最快，连忙跑过去将热乎乎的鸡蛋握在手里。

老傻和郑言有些失落，围着周班羡慕不已，蛋壳上居然写着几个字——斑斑欢迎你，真是神奇！他俩很渴望自己也有一个，又不好意思开口。周班眉飞色舞地对锦鸡连连道谢，锦鸡潇洒地扑棱翅膀，回了一句："不客气。"

三人渐渐适应了，于是和动物们握手、聊天，和动画人物谈天说地，他们一下子年轻了许多，仿佛回到了童年，玩得不亦乐乎。

美好的东西之所以美好，在于它本身，更在于它的感染力，它把人变得单纯，变得简单。

竹篱笆四周围满了人，两位红衣人也沉浸其中。人们尽情地满足着每一个感官的需求：视觉的、听觉的，还有来自心灵深处的……

天色又暗了几分，红衣人这才发觉时间不早了，于是开口叫道："你人，香斑真正的花草树木，还没看呢！走吧！我们一会儿就该吃晚饭了。"三人意犹未尽，很不情愿地挪动脚步，往篱笆墙内走去。

一阵淡雅的香气扑面而来，浓而不烈，仿佛浸染其中，又似乎缥缥缈缈，难以触及。

抬眼望去，一片花海随风起伏，红的、粉的、黄的、紫的……五彩缤纷，争奇斗艳。成群的蜂蝶上下翻飞、追逐戏耍，如同一幅灵动的画卷，铺展开来，令人痴迷其中。

闻花便是花，看蝶便成蝶。三个人畅游其中，恍然间，自己变成了一朵花、化作了一只蝶……斑斑的人在花间穿梭，或坐、或躺、或轻歌、或朗笑，孩童天真烂漫，成人闲庭漫步。

周班摸摸这朵，闻闻那朵，好多花从未见过，便忍不住回头向红衣人询问。

红衣人笑着开口道："这些都是从地球上回收的，这里的花其实在你们那里都有，只不过生长在不同的地域，有的耐寒、有的喜温。慧斑研制出特殊的花肥，经过施肥之后，这些花能够常年开放。"

郑言忽然想到什么，急着开口问道："闻闻花香，是不是可以治百病？"

"确实，人的一些小毛病，在广场躺一会儿，在这里闻闻花香，基本上就没事儿了。"

话音未落，郑言一屁股坐下，干脆直挺挺地放倒，闭上眼睛不动了，一副躺到地老天荒的架势。

红衣人扑哧一笑。"你人，别躺了，再往里边瞧瞧。"

郑言一动不动，毫无反应。

另一名红衣人说道："既然你不肯走，那么我们就先走了，错过了晚饭，可别怪我们。"说罢，他示意周班和老傻一起离开。

郑言虽然惬意地躺着，耳朵却是异常灵敏，他一骨碌地爬起来，嬉笑着追了上去。

花海的尽头是一个椭圆形池塘，池水清澈见底，成群的小鱼游来游去，各色荷花竞相开放，巨大的荷叶舒展着腰肢，引得青蛙跳上跳下。

"呱呱！呱呱！"几只青蛙撒着欢在荷叶间捉迷藏，转眼又扑通地跳进水里，不见了。不一会儿，水面又探出十几个绿色的小脑瓜，"呱呱！呱呱！"叫了几声，瞬间又没了踪迹。

老傻蹲在那里，不错眼珠地盯着水面，好半天，不见青蛙露头，不免有些失望。岂料他刚要起身，水面唰地掀起一股水柱，一条红色的鲤鱼，一跃而起，在空中转个弯，甩甩尾巴，又头朝下，"嗖"的一下扎进水里，水面立刻出现一条长长的水线，眨眼间鲤鱼便消失在视线里。

老傻半蹲着身子，愣了一会儿，突然手舞足蹈地叫道："好！好！好！"他连连喊了几个"好"字，估计是找不到合适的词了。

一行人都显得异常兴奋，红衣人始终满眼含笑，指指池塘对岸道："你人，瞧瞧，对岸是香斑的树林，地球上的树木这里全都有，你们要不要去看看？"三人点头，有些迫不及待。

红衣人迈步踩到荷叶上,三人也小心翼翼地站了上去,一片荷叶居然能承载五个人,真是神奇!

郑言故意脚下用力,狠踩几下,荷叶居然纹丝未动,他便有些忘乎所以,双脚起跳,跃到第二片荷叶上。不料,荷叶突然剧烈地抖动起来,左右大幅度倾斜,眼看就要落水,郑言吓得大喊大叫:"救命,救命啊!"

红衣人轻轻摇头道:"你人,斑斑有自己的规矩,荷叶为我们铺路,让我们踩踏,但是,请不要忘记,它也是有生命的,我们不可以轻视任何一个生命体。尊重生命,心怀感恩,这是为人的根本。你赶快道歉吧!"

此时的郑言手忙脚乱,忙不迭地喊道:"我错了!再也不敢了!"说也奇怪,荷叶果真停止了晃动。

郑言再也不敢乱动,自觉地跟在红衣人的身后,小心翼翼地踩着荷叶来到对岸。

风吹树叶的沙沙声引得众人抬头,但见垂柳妩媚婆娑、窜天杨俊朗挺拔、枫树林奔放火辣、银杏树绰约独立……各有各的俊态,各有各的风骨。红彤彤的苹果挂满枝头,金黄黄的雪梨低头轻颤,青里带红的枣子相互碰撞、挤眉弄眼……几个人吞咽着口水,抿抿嘴,把馋虫子生生地压了下去。

三人跟紧红衣人继续往里走,白桦林、竹林、合欢树、玉兰树、国槐、梧桐、樱花……一片片、一丛丛,姿态万千,妩媚壮观。

三人心心念念刚才经过的果林,再好的景致也暗了颜色,三人的兴致明显下降。红衣人看出端倪,也不说破。"我们也该回去了,正好赶上晚饭时间。"

一行人往回走,路过果林,郑言故意放慢了脚步,还时不时地触碰果子。

"扑棱棱!"两只大鸟腾空飞起,巨大的翅膀掀起落叶和灰尘,随后落到低矮的枝头。一只羽毛火红,另一只羽毛翠绿,两双眼睛直溜溜地盯着郑言。

红衣人见大鸟发威,赶忙开口道:"红果、绿果,他们是地球人,斑主让我带他们到处看看,他们并无恶意,我们这就离开。"

"一股生人味!原来是地球人。不过,他们脚步迟疑,心生杂念,还是快点离开吧！"红色大鸟嘴巴一张一合着，说话干脆利落。

几个人被突然出现的大鸟吓了一跳，再听到红鸟一番叽喳，心中害怕，只想赶紧离开，便加快脚步往池塘走去。

身后的两只鸟叽叽喳喳地说着话，却是三人完全听不懂的鸟语。

红衣人猛地收住脚步。

果然，红鸟又开口了。"你人，等等。"郑言被吓得立在那，一动也不动。

"你人，想来你们也要离开斑斑了，这样吧，我们送给你们一种水果吧，也算尽了地主之谊。说吧！你们想吃什么？"

三人抬起头，见红衣人示意，才敢小心翼翼地开口。老傻痴痴一笑，道："我想要个苹果。"周班和郑言也依着老傻要了苹果，唯恐有个差池。

"自己去摘吧！树林存在的第一天，这两只斑鸟就住在这，它们把这里当成自己的家，看得比自己的命都重。没有斑主的同意，这里的一草一木任谁也拿不走，今日它们对你们唯一破例，你们还不快谢谢斑鸟！"

三人这才反应过来，拱手致谢。"别客气了，快去摘吧！"大鸟说完，扑棱棱地飞走了。

三人都选好自己中意的苹果，舍不得吃，握在手里，心里美滋滋的。

穿过花海，出了篱笆墙，周班飞快地跑到大头儿子近前，摸摸他的头，道："大头，你好！我们要走了。""你人，我有点舍不得！"大头儿子低下头，有些落寞。"我也舍不得，拿着，这个苹果给你。"周班把苹果塞到大头儿子的手里，也算是自己在斑斑留个念想。郑言看看手中的苹果，像是下了决心，塞到喜洋洋的手里。老傻吃吃地笑着，将苹果放到老虎的嘴里，老虎高兴得摇头摆尾。

篱笆上所有的生命体都动起来，手舞足蹈，发出各种欢快的声音，向三人道别。

三人心中满是不舍，又一次来到广场，轻轻躺下，闭目不语，在阵阵香气中，所有的负面情绪被一扫而光，内心也被幸福和喜悦填满。果然，任何不良情绪在这里都可以消散。

第十章　渴望时光倒流　斑斑危机初现

三人离开香斑，看见街道上三三两两收工的人，靠在移动的墙上，有说有笑。周班一行人也贴到墙上，缓缓行进，这如梦幻般的经历在他们的脑海和心中一遍遍地回放、品味，呼出的空气也染上了丝丝甜意，甜得使人昏昏欲睡。

"妈妈，我疼！"一个稚嫩的声音从身侧传来，还带着哭腔。众人侧目看去，原来是一位年轻的妈妈怀抱着两三岁的小男孩，男孩右脚缠着纱布。

"乖，医生说，过了今天就不疼了，妈带你去吃点好东西。"小孩子眼中有泪花，却倔强地不让它掉落，抿着小嘴点点头。

周班摸摸衣兜里的鸡蛋，它还有些温热。周班有点舍不得，迟疑了几秒，还是朝小孩递过去。

"小弟弟，哥哥这里有一个鸡蛋，送给你。"

年轻的妈妈赶忙推辞。

周班笑道："给他玩吧！这是竹篱笆里的小鸡下的蛋，是我给小弟弟的奖励，小弟弟很勇敢。"

小孩的妈妈还想拒绝，红衣人开口道："你就收下吧！这是你人的心意。"小孩子见妈妈点头，伸出小手接过鸡蛋，睫毛上挂着泪珠笑了。

一段小插曲过后，周班的心情又舒朗了几分。

周班不经意间抬头，见远处有绿光闪烁，心生好奇，问道："红衣大哥，那是什么？"

红衣人抬眼道："那是时斑，是控制斑斑时间的地方。"

"控制时间？它可以让时间倒退吗？"

"可以。那里有斑钟，拨动它，时间可以前进、后退。"

郑言一直侧耳听着，追问道："如果让时间回到一年前，我是不是就变成一年前的样子？"

"这是自然。时斑里有子母斑钟，子斑钟显示斑斑的时间，正常运行。母斑钟则是静止的，一旦母斑钟动起来，斑斑的人就会迅速老去，所以母斑钟动不得。若要时间倒退，就要往回拨动时针，一圈便是地球的一个月，只要拨动十二圈，便是一年前。"

红衣人的一番讲述，在三人看来简直就是天方夜谭！怎么可能？可是一桩桩、一件件不可思议的怪事，却实实在在地发生了，不得不信。

郑言突然喜笑颜开道："红衣大哥，快带我去见三斑，我要回到一年前，一年前医生说过，只要戒烟戒酒，我的胃就可以好了。我要回到一年前！"

红衣人脸色沉了下来，甩开郑言的手，气恼道："你人，你说得轻巧！母斑钟不能动，若是动了，便是斑斑人的劫数！"

"不就是年轻一岁吗？有什么大不了？"郑言语气很是不屑。

"年轻一岁？母斑钟只有斑主才能拨动，而拨动母斑钟，斑斑所有的人会迅速变小，可能变成孩童，也可能小到消失、不存在！你明白这意味着什么吗？"红衣人发怒了。

空气像凝固了一般，靠在墙上的人，都面露不满之色。

过了好半天，红衣人说道："好了，不怪你们，以后这事就别提了。"

周班也觉得郑言有些过分，轻声劝道："红衣大哥，别生气，我们也不知道会有这样的后果，我替郑大哥道歉。"

郑言也自知失言，像霜打的茄子一般，但又不太相信红衣人的话，觉得他只是吓唬自己，倒退一年就变成小孩子？怎么可能！找个借口罢了，哎！郑言不免惆怅，略有不满。

孩子咯咯的笑声打破了尴尬，众人扭头看向小男孩，一双小手摩挲着鸡蛋，甚是可爱。孩子的世界果真简单：痛了会哭，高兴了就笑。稚嫩的笑声让紧绷的空气一下轻松了。

周班嘴角上扬，看着小男孩红扑扑的小脸，有些失神。猛地，脑海里闪过一个念头：母斑钟不动，那小孩子是怎么长大的？

于是，周班迫不及待地向红衣人询问。红衣人也恢复了笑意，说道："你人，又问到点子上了。我们斑斑有三个门，你们是从黄门进来的，黑门吸收地球上的垃圾，还有一个红门。这红门离太阳最近，离时斑最远，红门附近有一个区域，叫作红门斑，它基本上不受斑钟的影响。若是要长身体、增年龄，我们斑斑的人就到这红门斑居住，白天照常工作、学习，晚上在红门斑休息，就可以正常长大了。到了一定年龄，个人自己决定是否继续长大，只要不去红门斑，我们就可以保持这个年龄，不再变老。"

"我的天！居然可以这样！可以控制时间！可以控制自己生长！想不通，想不通！"郑言不住地摇头自语。

红衣人继续说道："尽管我们去红门斑是完全自愿的，但是进入或者离开红门斑都要有充足的理由，并且需要七位斑主的一致同意。斑斑人一旦出现衰老的迹象，绝对禁止再去红门班，斑斑的规矩不允许过度衰老，更不能生病、死去，而是让每一个人都健康、快乐地活着。"

红衣人说的每一句话，无不刷新着三人的认知，震惊！震撼！他们甚至又开始怀疑，这就是在梦里！老傻的眼中不见了木讷，而是闪烁着点点星光，有探寻，有质疑。

郑言被兴奋充斥着大脑，浑身每一个细胞都活跃起来，快速地呼吸着，强压住内心的狂热，双眼放光地说道："红衣大哥，我想去看看这神奇的母斑钟！就看一眼。"

"不行，任何人都不能去时斑。"

"可是，斑斑不是有规矩吗？不让任何人死去？眼看我就要死了，斑斑就不能发发慈悲？若时间倒退一年，我就不会死了。我要见三斑，我不想死！"最后一句话，是郑言用高分贝喊出来的。他像疯了一般，离开墙壁，撒腿就跑，可是刚跑两步，就好似被什么东西拖拽着，倒退着贴到墙上。

郑言感觉身体被磁铁吸住了一般，动弹不得，仍旧不甘心，拼命地喊叫着，挥舞着双臂。周围的人不着痕迹地远离了他，有的干脆加速，迅速远去。

红衣人提高了音量说道："你人，若是再闹，可要受惩罚了。"

郑言一怔，随即继续叫喊："我不怕！反正活不了，我什么都不怕！"

话音未落，他的身子就唰的一下弹向高空，又飞速下降，快到地面时，又一下飞到十几米高，就这样上上下下翻着跟斗。郑言昏头昏脑，胃里翻江倒海，喘着粗气，悬在半空。

红衣人隐隐有些不忍，却是一脸正色。"你人，知道错了吗？"

郑言耳朵嗡嗡作响，感觉真要死了，声音微弱地说道："我知错了！不喊了！"

等他缓缓落地，周班奔过去，给他捶胸抚背，郑言总算是缓了过来。

红衣人摇头轻叹，很是无奈。"走吧，去吃晚饭。"

郑言还在大口喘着粗气，靠到墙上，舒服了许多，缓缓开口道："红衣弟弟，就不能轻点儿？我这小身板可经不住。你只要带我去见三斑，其他的我不让你为难。"

红衣人被郑言的执念气笑了。"真是服了你了！吃完饭就带你去。"

几个人离开墙壁，朝需斑走去，天空忽然出现了一道亮光，有些刺眼。人们停住脚步，只见空中出现一个亮闪闪的圆盘，直径约有十几米，和周围淡白色的天空形成鲜明对比。

红衣人蹙眉道："那里应该是红门的方向，真是怪事！该不会是隔阳板出了问题吧？"

周班听他自言自语，不明所以，问道："红衣大哥，出了什么事吗？"

"不清楚！这种现象从未有过。红门离太阳最近，就怕太阳穿透隔阳板，要真是那样，斑斑就完了。"

"太阳有那么可怕吗？"

"太阳对于我们斑斑来说，是离不了，但又不敢见的。我们既需要它，又不能直接照射，否则身上就会长满斑点，很快死去。"

"不行，我得马上去见斑主。"一名红衣人急匆匆地离去。

其他人照常去需斑吃饭，忙乎了一个下午，三个人胃口大开，要了牛肉面、蒸饺。红衣人却吃得心不在焉。

周班没话找话，开口道："红衣大哥，这牛肉面和蒸饺也是回收的？味道真好！"

"一部分是回收你们的，经过特殊的处理，增加了新的营养成分，并予以保鲜储藏，无论多久它们都和新出锅一样。"

"一部分？"

"对，你们仔细看看，这些蒸饺有啥区别？"

三个人低头端详着，郑言好似发现了新大陆，惊叫一声："不一样！有斑点。"

果然，几只蒸饺面皮上有浅浅的斑点，雨点形状，若是没人提醒，根本发现不了。

"对，是斑点。这些是我们自己加工的，用斑点做了区分，没有斑点的是你们浪费扔掉的，被我们物斑'偷'来还原的，这个'偷'字是从你们那借用的，我们斑斑可不用这个字。当然，加工需要的米面油、肉蛋奶等也是从你们那回收的。"

红衣人继续说道："你们扔掉的发霉的、过期的米面，我们都可以进行回鲜处理，让它回到最新鲜的状态。所以，斑斑所有的食物都来自地球。"

"发霉坏掉的还可以吃？你们斑斑真有本事！"郑言由衷地赞叹道。

"斑斑了不起！"周班也伸出大拇指。

"嗯！这话我爱听，送你们回去休息，我还要去斑主那里。"

郑言转动眼珠说道："我跟你们一起去，说不定能帮上忙。"

红衣人知道郑言的意图，看来只有让他见到斑主才会死心，只好点头道："你去可以，但不能添乱。若是斑斑面临灾难，你那点事不值一提。"

郑言一吐舌头，不再说话。几个人离开需斑，去见斑主。

一路上，大家各怀心事，隐隐地为斑斑担忧。

到了圆房子近前，屋顶上的鸽子们，很是安静，头窝在翅膀里，都在打盹小憩。周班压低声音道："嗨！小鸽子！你们好。"所有鸽子"唰"的一下抬头，由警觉变成欣喜。其中一只红羽毛鸽子舒展翅膀，歪着头开口道："你人，你们好！又来了？"几个人一边逗着鸽子，一边由红门走进去。

三人远远地就见七位斑主坐在桌子前，四周围着几名红衣人、黄衣人，面色凝重，正商量着什么。见几个人进来，三斑示意大家停下。

周班感觉事态严重，上前轻声说道："几位斑主好，打扰了，如果斑斑有什么事，我们能帮上忙的，请尽管说。"

三斑笑笑："没什么大事，你们在这里已经待了一天，看看明晚，如果条件符合，你们就回去吧。"

话音未落，郑言往前几步，身体笔直，而后深深一躬，就这样弯着腰，声音恳切地说道："求求斑主，救救我，回去我只有死，我的病没治了，求斑主救救我。"

"救你？我们该如何救你？你人，请直起身子说话，不能丢了骨气！"三斑略带怒气，声调也高了几分。

红衣人一把拉起郑言，郑言还要挣扎，可是对上三斑严厉的眼神，便蔫蔫地站直了身子。

"人间的生死，就是一个个轮回，我们无法左右。"四斑劝道。

"斑主，你们可以让时间倒退，只要回到一年前，我就不会生病了，求你们让时间倒退吧！"郑言不甘心地哀求着。

三斑看向红衣人，问道："他们知道时斑了，你们说的？"

红衣人低着头，"斑主，我们知错了"。

"你们没错，斑斑没有秘密，你人也没错，谁都有追求生存的权利。可是我要守护斑斑，不能为了你一个人，置斑斑所有人的生死于不顾。"三斑面色冷峻，不容置疑。

郑言挣扎着还想开口，三斑抬手制止道："好了，斑斑从不留外人，如今已对你们格外关照，若是再提无理要求，就把你们从黑门扔出去，到时候你们是生是死，可怨不得我们。"

老傻偷瞄三斑，被她强大的气场惊到了，用力抓住郑言的胳膊，周班从另一边扶住郑言，赶忙道歉："斑主，我们错了，等时机适合我们就回地球，我们先回去休息了。"周班深鞠一躬，拉着郑言往外走。

"红杂斑，带你人到乐斑和戏斑看看吧！或许有收获。"听到三斑的话，红衣人应着，一起离开。

尽管极不情愿，郑言也不得不跟随众人离开。他们来到宽阔的街道上，天色又暗了几分，周围景物却看得清清楚楚，空中那闪亮的圆盘很是醒目。

红衣人轻叹一声道："你人，别怪斑主，让时间倒退，斑斑每个人都会改变，后果无法预知。三斑刚刚发火，也是因为隔阳板出现异常，空中闪亮的圆盘，是太阳炙烤的结果，那里是近日点，离太阳最近，若是真的被太阳穿透，斑斑面临的灾难是毁灭性的。明天正午就是最严峻的考验。"听红衣人这样一说，三人才感觉事态严重，也不免为斑斑担忧。

周班低声问道："红衣大哥，慧斑的智慧超常，就没有办法加固隔阳板吗？"

"慧斑也是人，智慧也是有限的，也需要一代人又一代人不断地探索研究。每年的近日点慧斑都能准确测出，并提前加固好隔阳板，今年的太阳异常毒辣，慧斑不能测出近日点，这不，出事了。"

"要我说，你们有些愚钝，管他什么近日点远日点，都加上双层，不，加上三层、四层，怎么保险怎么来，这样太阳就永远不会穿透它。"郑言说得振振有词。

"说得容易！隔阳板的材料很特殊，不是你们地球上的卫生纸，要多少有多少，每年的生产数量有限。况且，隔阳板太厚，就会阻挡太阳光，斑斑也活不成。"

听到这话，周班有些着急，问道："这么说，那就没办法了？"

"唉！办法倒是有，就是要有人付出生命。"

"付出生命？为啥？"一直沉默的老傻也搭话了。

"那近日点的隔阳板只要加厚了，就没问题。"

"那还不赶紧！还等什么？"三人很是急切地说道。

红衣人叹了口气，说道："安装隔阳板，必然要靠近近日点，斑斑的人一旦靠近，就会浑身长满斑点，很快就会死去。"

"真有这事？"三人同时质疑。

红衣人继续说道："你们知道斑主为何没有一斑、二斑吗？就是几百年前也出现过今天的情况，两位斑主为了拯救斑斑，舍命安装隔阳板。从那以后，斑主最高只有三斑，一斑、二斑的位置一直空着，让斑斑的人永远记住两位斑主。"

竟然是这样！谜团被解开，可三人的心绪却很是复杂。

"遇到任何危险，斑主都会挺身而出，所以，要想消除这次危机，两位斑主肯定会献出生命。"红衣人的声音越来越小。

周班又抬头看看那个闪亮的圆盘，思索着说道："你们既然知道隔阳板出现问题，为何还要等到明天，现在就去安装隔阳板，不就没有隐患了吗？"

"近日点出现问题，但其位置并不固定，每时每刻都在变化，只有太阳光即将穿透隔阳板的一两个小时，才能确定最准确的位置。不然，就是做无用功。所以，我们只能等，等明天。"

几个人抬头看着近日点，心中满是担忧。

周班和郑言似乎同时想到了什么，此时竟然有一种难得的默契。二人相互交换一个眼神，他们不怕太阳，或许可以帮助斑斑！对！一定可以！两人下了决心。可是，不等他们开口，红衣人已经率先靠上移动的墙。三人紧跟上去，随后开始加速，越来越快，飞起来一般，似乎只有这样才可以排除心中的郁闷。

周班偷瞄了面色凝重的红衣人一眼，说道："我们这么着急，要去哪里？""三斑说带你们去乐斑看看。"说话间，墙的速度慢了下来。

第十一章　乐斑

　　眼前就是乐斑。几个人踏上松软的地面，心也跟着柔软了，地面黄绿交错，散发着柔和的光，像天上的银河，一闪一闪地向远处延伸。不远处是一排排整齐的黄色建筑，黄房子四周好似散落着无数星星，发着淡淡的银光，温馨静谧。

　　到了房子近前，一扇门自动打开，走廊泛着橘黄色的光，悠长而神秘。两侧应该是房间，有点像酒店的客房，门上写着阿拉伯数字。"这里就是乐斑，每个数字就是一个区域，咱们挨个瞧瞧。"

　　红衣人将手放到数字"1"上，1号门自动打开，房间比预想的要大得多。大人孩子不下几百人。透明的玻璃将房间分割成几个区域，羽毛球、台球、乒乓球……很是齐全。

　　映入眼帘的是几张乒乓球台，"乒乒乓乓"，球落到桌面上清脆悦耳。

　　周班站在一张球台前，打球的是两个小男孩，也就八九岁，个个满头大汗，突然一个球落到周班的脚下，周班赶忙弯腰去捡，却不想那球"唰"的一下飞回到小男孩的手里，两人继续对打。打了二十几个回合，乒乓球又飞出十几米，小男孩一伸手，那球仿佛长了翅膀一般，飞快地回到他的手里。

　　周班暗自惊讶，扭头对郑言说道："郑大哥，咱俩打一局！"话音刚落，地面缓缓升起一张球台，球台上放着球和球拍。

郑言吓得往后一跳，道："我的妈呀，吓我一跳。"他捂着胸口摆摆手，"小兄弟，我呀！这辈子只会做买卖，不会打球。"

周班有些失望。"我一个人怎么打？"

"我跟你打！"

不知何时，球台对面站着一个机器人，方头、圆脸，抄起球拍拉开架势。

老傻和郑言都来了兴致，准备观战。和机器人打球，千年不遇，周班握住球拍，手有些颤抖。机器人说了声："接球！"二人便开始了较量。

十几个回合下来，周班暗自称奇：这机器人打球的力度和速度都恰到好处，好似为自己量身定做一般，既可以锻炼身体，又觉得棋逢对手，不失兴趣。周班玩得酣畅淋漓，拿出了大战三百合的架势。

红衣人抓住一个空当，开口道："你人，别打了，我们去别处看看。"那机器人竟然乖巧地沉入地下，不见了。

红衣人又按开 2 号门，里面有几个巨大的游泳池，好多人在嬉戏玩耍。小孩子在池中灵巧地穿梭、游动，大人则躺在水面上，随着水波漂浮着，很是惬意。

忽然，几条一人长的鲤鱼跃出水面，来一个漂亮的翻转，又唰的一下钻入水里。这下，孩子们沸腾起来，飞快地朝大鱼游去，大鱼故意逗着孩子们，头和尾巴翘起，在水面扭动着。游得最快的几个小孩骑到大鱼的背上，鲤鱼一跃而起，带着孩子在空中飞腾，掀起一片水花，孩子们清脆的笑声在上空回荡。几个人陶醉其中。"好！太好了！"老傻咪咪笑着。

几个人意犹未尽地离开 2 号门，走进 3 号房间。看样子这里是一个棋社，象棋、跳棋、黑白棋……应有尽有。里边很是安静，无论大人小孩，都非常投入。

周班和郑言围着两个下象棋的小孩，心中有些好奇：六七岁的孩子，倒是有模有样，就是不知水平如何！很快两人就被啪啪地打脸。两孩子你来我往，走马灯一般，看得人目不暇接，郑言晃瞎了眼珠，追着棋子跑，却根本无暇思考，更是没看明白。

正当郑言一头雾水时，那小女孩自动认输道："山哥，我输了，谢谢你。"说着，两人笑盈盈地开始重新摆放棋子。

"山哥，今天终于体会到输的滋味，这感觉不错。"那小女孩再次感谢，笑容灿烂真诚。

"输的滋味不错吧？你是学习冠军，更是棋社小能手，能输一局，不容易呀！要不要再试试，我们再来一局。"

谈笑间棋子摆好，两人准备再战，却不想那棋盘缓缓沉入地下，不见了。

围观的几人都是一愣，却见那小男孩一拍脑门道："哎呀！差点忘了，得亏这棋盘提醒我了，我答应了弟弟只玩一局就去陪他去游泳，差点失约了，我得走了，小花妹妹你接着下。"说完，他起身不好意思地打了个招呼，离开了。

小女孩独自坐了下来，对面出现了一个机器人，也是一副小孩模样，棋盘也自动出现，女孩开始走棋。机器人和小女孩杀得难解难分，看得人昏头昏脑，根本跟不上那棋子的节奏，几个人只好莘莘地退出棋社。

郑言看看一旁的红衣人，忍不住伸出大拇指。"你们斑斑真厉害！连小孩子下棋我都看不懂，惭愧呀！"

红衣人笑着摇头道："你人，这话不对，这些都来自地球，地球人很有智慧。四大发明很了不起！"

几个人说话间，老傻伸手按开 4 号门，径直走了进去。

里面俨然是一个大型游乐场，游乐设施一应俱全。

周班走到海盗船前，跃跃欲试。"你人，去玩吧！"听到红衣人的话，周班一把拉住郑言，上了海盗船，老傻却躲得老远。铃声响起，海盗船开始移动，逐渐升高，到最高点居然停下了，然后，一股清凉的风扑面而来，恍惚间，他们仿佛站在高山之巅，脚下流水潺潺，所有人不自觉地张开双臂，海盗船又缓缓下移，逐渐加速，于是人们便如一只只小鸟在空中飞腾，这感觉真是神奇！周班确信了红衣人的话：地球上的东西到了斑斑，就真的不一样了。意犹未尽时，海盗船停下了。

周班毕竟是个孩子，玩的天性一旦被激活，便一发不可收。看着不远处的跳楼机，他就要奔过去，却被红衣人一把拉住。"你人，这些要玩个遍，今晚就别睡了。"老傻本能地抵触这些东西，转身往门外走，其他人只得跟上。

几个人进了5号门，里面热火朝天，大人孩子一起做游戏。最简单的石头、剪刀、布，一家三口都玩得不亦乐乎。老鹰捉小鸡、丢手绢、跳皮筋……都是三人小时候玩过的。看着眼前一张张绽放的笑脸，三人仿佛回到了童年。

老傻直愣愣地发呆，脚步不受控制，朝一个小女孩走去，嘴里喃喃自语道："闺女！闺女！"周班一把拉住老傻，趁他迷迷糊糊时，赶紧离开了5号房间。

老傻曾经历过什么，无从得知，大家都在回避，不敢揭开那血淋淋的伤疤，谁的心里没有几块疤痕呀！只要不去触碰，就让它藏在角落里吧！毕竟，生活还要继续。

几个人又去了6号门，里边很安静，人们在画画、写字，他们静静看了一会儿，悄悄地退出来。

红衣人有些犯困，说道："这乐斑1到10号门，基本上是从你们地球学来的，不过融入了斑斑的智慧。我们去10号门看看，时间不早了，还要去戏斑呢。"

10号门被打开，里边有些昏暗，中间是一个大舞台，闪光灯照到舞台上，变换着色彩，四处望去，只见灯光，却找不到光源。

台下一名黄衣人手拿话筒缓缓地唱着："时光一去可再回，往事不用回味，你我有缘斑斑相会，生命无尽情谊相随。香斑香味醉了心扉，你我早已遗忘年岁……"台下的人跟着音乐打着节拍，陶醉其中。

这音乐，郑言和周班再熟悉不过，尽管换了歌词。郑言压低声音道："斑斑居然连咱们的歌都给偷来了。"

"你人，这话不对！用你们的话说，这叫资源共享。"红衣人反驳道。

一曲结束，台下的人向台上涌去，不同时代的穿着，台上台下晃动着，给人一种时空穿梭的错觉。

有人喊道："斑斑之歌！斑斑之歌！"随即音乐响起。

两人一听立刻兴奋起来。

"这是牡丹之歌！"

"不，是五环之歌！"两人争执着。

"都不对！这是斑斑之歌！"红衣人纠正道。

台下的人也舞动起来，晃动双手，齐声高唱："啊！斑斑，宇宙之中最灿烂，啊！斑斑，星河里面最壮观！我们爱你宽容，宽容的心底充满真爱；我们爱你富有，富有的更是精神食粮。啊！斑斑，啊！斑斑，幸福的生活千金不换。"词曲不断地重复着。

在场的人情绪高昂，笑容绽放，一声声、一句句皆饱含着对斑斑浓浓的依恋之情。

慢慢地，音乐声渐渐变小，人们也停下来，开始有秩序地离开。

出了10号门，红衣人说道："唱完斑歌，今晚乐斑就关门了。"大家出了门，人群很快散去。

第十二章　戏斑

　　三人随着人流离开乐斑，踩着松软的地面，心底越发柔软。视野里又出现移动的墙，几个人靠到墙上，开始加速。

　　"我们这是要去戏斑吗？戏斑是不是唱戏的？"周班还沉浸在刚刚的氛围中，说话带着颤音。

　　"戏斑不是你们所说的京剧、评剧、黄梅戏，这些乐斑就有。不过，戏斑在我们眼里就是一出戏，用你们的话说，就是一场游戏。你们到了就知道了。"

　　几个人说话间，墙慢了下来，他们迈步离开，走上一个岔路。不远处是一幢黑黄相间的圆柱形建筑，两扇门自动打开，他们走进去，里面是一间间透明的屋子，用玻璃围成，墙壁上悬挂着大电视，看样子也是从地球上"偷"来的。至少周班和郑言是这样想的。

　　几个人随意地进入一个屋子，里边围坐着十几个人，电视里播放着电视剧：一个中年妇女将饭菜端到餐桌上，十一二岁的男孩狼吞虎咽地吃完，一抹嘴巴，背起书包匆匆出了门，看样子是去上学。目送儿子走远后，那母亲回到桌前，将残渣剩饭吃完，简单地收拾后，拎了一只袋子，来到街上左右张望，随后快速到了垃圾桶前，匆忙翻找着。忽然，那个男孩从角落里冲出来，夺下女人手里的破包，扔在地上，狠狠踩了几脚，气鼓鼓地喊道："让你捡破烂！我让你捡！我让你捡！"妇人愣在那，不住地抹眼泪，孩子发泄了一会儿，愤恨地瞪着自己的母亲，转身撒腿跑开了。

看到这里，屋里的人心情沉重，有人叹息道："换个地区吧！这孩子太气人了，也不知道地球人是怎么教育孩子的！"人们小声嘀咕着。

电视里更换了内容。一个小伙子推着轮椅，轮椅上的老太太用手比画着，小伙子笑着点点头，跑向不远处的水果摊。回来时，手里拎着一袋橘子，剥了一个橘子送到老太太嘴里，老太太满眼宠爱，拿过一瓣橘子递给孙子，小伙子将脸贴在老太太脸上蹭了蹭，撒着娇。整个屏幕充溢着浓浓的亲情，缓缓蔓延至整个屋子，所有的人均被暖意包裹。

周班也看得专注、投入，脑海中浮现出妈妈的笑脸，思念开始如野草般疯长：也不知妈妈怎样了！尽管他思绪飘远，但视线始终没离开屏幕。

看着看着，周班突然瞪大眼睛，大声叫道："停、停、停！这是我家附近，那卖橘子的我认识。"说话间，他几步窜到电视前，摸索着，像是在找开关，试图将屏幕定格。

"你人，真是你家附近？"红衣人问道。

"是、是、是！当然是，这是新华街，再过一个路口，就是我家。"

"放慢速度，让他好好瞧瞧。"

随着红衣人的话音，电视画面开始缓缓移动。周班不错眼珠地盯着屏幕，屋里静得出奇，只听周班叫道："停！"画面静止，正好对着一个胡同，景物被拉近放大了。

一会儿，胡同里走出一个老妇人，头发斑白，走路蹒跚，站在胡同口向大马路张望，时不时地撩起衣襟擦拭着眼角，画面又放大几分，老妇人的模样越发清晰。

周班呆呆站在那，眼泪夺眶而出。"妈！"这一声哭嚎，震颤着每一个人的心，他双手抚摸着屏幕上那张沧桑的脸，跪在地上放声大哭。周围的人也都忍不住红了眼眶。

不知过了多久，电视屏幕缓缓上升，郑言和老傻伸手去拉周班，周班就是不肯起来。

"妈！几日不见，头发怎么都白了，妈，儿子不孝啊！"

周围的人都跟着摇头叹气，纷纷劝道："你人，快起来吧！若是挂念你娘，你还是尽快回家去吧！"

一句话点醒了周班，他抹抹眼泪，爬起来就往外跑，叫喊着："我要回家，我要见三斑。"

其他人紧紧跟在后面，红衣人劝道："你人，就算再着急，也要等时机，急也没用。"

郑言紧追慢赶，拉住周班。"小兄弟，别着急，你够幸运了，还能见到你娘，我都不知道老婆孩子咋样了。"

"你人，你也想看看家人？"红衣人收住脚步，问道。

"当然想看！"

"好，我们去找找。"红衣人拽着郑言，走进最近的一扇玻璃门。

这屋子和刚才的那间布局相同，里面只有三四个人，看样子要回去休息了。

红衣人轻声开口道："打扰几位了，这个你人想要看看家人，请帮他找找。"

"好的，请说出你的具体住址。"一个声音从电视中传来。

郑言此时的心情难以言表，既激动又好奇，顾不上思索，赶忙开口道："沧海市丽山区盛景小区。"

屏幕上的景物开始横向移动，郑言不错眼珠地盯着屏幕，仍然有些将信将疑。"红衣大哥，这电视真能看到我家？"

"当然可以，戏斑说白了就是看戏，而戏中的主角就是你们地球人。这里面显示的都是你们地球人的真实生活。你看，这街边卖大饼的，现在就在那个位置卖饼。用你们的话说，就是现场直播。"

"我的天！不会吧？你们能看到我们每家每户的生活？"

郑言扭头直视着红衣人，说道："那我们岂不是一点隐私都没有了？"

见他急切中带着恼怒，红衣人笑道："你人，急什么？戏斑也是慧斑的智慧杰作。斑斑人旁观地球人的生活，自己辨别是非美丑，吸收善的美的，摒弃恶的丑的，从而不断向善。"

不等周班接话，红衣人继续说道："慧斑设计程序时，自动屏蔽地球人的私生活，还有一些不利于斑斑发展的东西也会自动阻隔掉，放心吧！

不该看到的，斑斑看不到。"

"先别说了，郑大哥，快盯着点，看看哪里是你家，我要去见斑主！我要尽快回家。"不知何时，周班几人也站到了身后。

电视里景物移动的速度慢了下来，画面也逐渐变得清晰，"盛景小区"四个大字显现出来，一排排楼房被拉近。

忽然，屏幕上出现了一群人，吵吵嚷嚷的声音也传了出来，郑言探着身子高喊一声："停！"画面静止、拉近，又开始直播：人群中一名妇女被人推搡着跌坐在地上，旁边一个八九岁的小男孩声嘶力竭地哭喊着："妈！我怕！我怕！快起来！我要回家！"众人屏气看着眼前的一切。

郑言突然疯了一般，窜到最前面，大声叫道："芳芳！安安！我在这，别怕！我来了。"他边说边往电视上攀爬。身后的众人用力拽住郑言，此时，电视已高高升起。

郑言张开双臂，嘶吼着："我的儿子！我的芳芳！你们放开我，我要回家！"说罢，他瘫坐在地上，泣不成声。

周班蹲在一旁，偷偷抹眼泪，好半天才平复情绪。"郑大哥，我们要尽快回家，你先别哭，看看到底是怎么回事。"郑言这才控制住情绪，抹抹眼泪。

"你们收了我的房子，让我和孩子住哪里？等我老公回来就还你们钱。实在不行，我们还有公司，可以抵债，先让我们娘俩回家，孩子还小，求求你们了。"芳芳哽咽着，苦苦地哀求面前的男人。

那男人应该是这一帮混混的头儿，他下颚高高扬起，弹弹身上的尘土，轻嗤一声，"公司？你们哪里还有公司！你老公的好兄弟早把公司卖给我们了"。

"不可能，那是我们的公司！是我老公的公司！"

芳芳瞪大眼睛，怒视着眼前的男人，喊道："你胡说！我老公让虎子代管几天，他没有权力卖公司。"

"胡说？白纸黑字，你好好瞧瞧！"男人把几张纸甩到芳芳的脸上。

芳芳颤抖着抓起地上的纸，看了几眼，反驳道："不可能，这上边的字不是我老公签的，你们等着，等我老公回来，一定会去告你们的。"

"回来？你那个死鬼丈夫不知道死到哪个犄角旮旯了，还能回来？别做梦了。实话告诉你，郑言得了绝症，没几天活头，这才把公司交给虎子。说不定他早就到阴曹地府报到去了，这都一个多月了，一点儿消息都没有，就别指望了。"

"你胡说！你骗人！"芳芳不知哪来的力气，猛地朝那男人撞去，却被男人一把揪住头发，搡个跟头，安安跑过去，娘俩抱在一起，哭作一团。

男人又弹了弹衣服上根本不存在的尘土，一边嘴角冷冷上扬，说道："臭娘们，郑言有几个臭钱，就不把我放在眼里，如今他落得家破人亡，活该！他不仁，我不能不义，给你几块钱，赶紧滚！"说罢，他将几张钞票狠狠地甩到娘俩的头上，随后被几个壮汉簇拥着出了人群，上了一辆宝马车，扬长而去。

此时的郑言如一头发疯的狮子，怒不可遏。"好你个王三，你个王八蛋！平日吃老子喝老子的，居然敢欺负我的老婆孩子！我！我！我饶不了你！"歇斯底里的喊叫震颤着整个屋子。

电视自动关闭了，郑言不甘心地喊叫着："给我打开，我要看看我的老婆孩子！打开！"

屋子一下子暗了下来，几人拖拽着郑言，离开戏斑。

外边的凉风让郑言清醒了几分，他不再喊叫，闷着头走路，紧走几步，又猛地停下，像是自言自语："我要回家，我的老婆孩子不能没有我，我要回去，我要见斑主。我要好好地活着，我要这帮王八蛋不得好死！"每个声音都从牙缝里挤出来，寒气逼人。

周班轻声叹息道："大哥，现在斑斑有难，我们不好再添乱，还是先帮斑斑渡过难关吧！我们尽快回去，斑斑一天，家里就是一个月，家人还等着我们哪！"

"好！就听你的，小兄弟，就算是死，我也要回家。"

两个人相互打气，走在夜晚的街头，头顶上的天空有些惨白，但足以照亮他们回家的路。老傻低头不语，跟在他们身后，不知道在想什么。

第十三章　斑斑危机

一路上没人说话，三人回到红房子，进了屋，红衣人转身离开。

三人一屁股坐到床边，死一样的沉寂，似乎能听到空气里尘埃的声音。

三人没心思洗漱，居然也没受到惩罚。看来慧斑的智慧果真了得，知道他们心情欠佳，自动关闭了惩罚程序。

脏就脏吧！不能再给他们添堵了，这三个地球人已经够惨了！

郑言和周班各怀心事，躺在床上，想着家里亲人，辗转反侧，恨不得插翅飞回去。

老傻左右看看，不知道如何安慰，暗自叹气：看来这世上苦命的人不止他一个！

郑言感觉胸口闷得难受，一骨碌坐起来，喘着粗气说道："小兄弟，我不能死，你看我老婆孩子多可怜！我就这么回去，也活不了几天，不仅帮不了他们，只会让他们更加伤心。不行，我要让时间回到一年前，重新开始。你帮帮我！"

周班侧身看着郑言道："哎！我妈妈还不到五十，因为我一下子苍老了许多，我也希望时光倒流，我会好好照顾妈妈的，决不会为不值得的人伤心颓废。可是，斑斑不答应，我也没办法呀！"

"斑主不答应，我们自己想办法，一会儿，趁他们睡着了，我俩去时斑，把母斑钟拨回到一年前。"

"不行！凭慧斑的智慧，你觉得我们进得了时斑？再说，时间倒退，会给斑斑带来灭顶之灾，我们怎能安心？"

"这也不行，那也不行，急死我了。"郑言双手抓着头发，情绪处于崩溃的边缘。

老傻翻了个身，木讷地开口道："别的我不知道，但我明白一个理，那就是不能坑害别人，不能因为自己害了斑斑成千上万的人。"

几句话，说得两人哑口无言：是呀！你有家人，斑斑也有兄弟姐妹呀！

沉默了许久，郑言轻叹一声道："哎！走一步看一步吧！总之，尽快回去。小兄弟，若是我不在了，求你帮我照顾老婆孩子。"周班低声回应。

郑言掀起被子，把头埋在里面，传出压抑的呜咽声。

三人并不知道，此时，几位斑主正坐在椭圆形桌子前，把他们刚刚的话听个清楚。

三斑摇头轻叹一声："哎！明日是斑斑的难日，没时间顾及你人，看来他们心肠不坏，若是我们明日逃过一劫，不妨想办法帮帮他们。"

四斑回道："三斑，千百年来，时光倒流从未有过，会不会给斑斑带来灾祸？"

"先过了明日正午再说吧！"

忽然，外面进来一个黄衣人，拱手说道："斑主，这几日你人的家连连降雨，明晚还会有雨，可以送他们回去。"

"太好了，明晚送他们回去。"三斑面带笑容，如释重负地说道。

五斑不合时宜地搭话："那也要看我们能不能坚持到明晚。"

几位斑主一下子沉默了。

这一夜，几乎所有人都未合眼。

郑言和周班翻来覆去，一直折腾到天亮。屋子里渐渐亮起来，三人迷迷瞪瞪地起身，外边传来一阵嘈杂声，三人披了衣服打开房门，见人们急匆匆地往外走，像是出了大事，三人来不及思考，紧跟着出了红房子。

到了外边，三人感觉光线亮得晃眼，便用手遮挡。眯眼远看，只见空中那个闪亮的圆盘很是刺眼，太阳光透过圆盘，近乎没有遮挡地直射下来。

三人浑身暖洋洋的，很是舒服。周围的人却是惊慌大叫："热呀！好热！""我要被烤着了！"人们双手捂头，蹲在地上，痛苦地喊叫着。

有人提醒道："快！快点躲起来！躲到屋里去。"人群一阵骚乱，起身跑向红房子。

不一会儿工夫，外边只剩下周班三人，三人有点摸不着头脑：多温暖的太阳，没那么热吧？太夸张了！真有那么可怕吗？他们怕他们的，我们还是好好享受这难得的日光浴吧。

阳光正好，郑言开始犯困，老傻也打着盹，昏昏欲睡。周班伸着懒腰，打着哈欠，疏松着筋骨，太阳真是好东西啊！

突然，红房子里冲出两个人，头上顶着棉被，来到近前，竟然是那两个红衣人！"你人，快进屋，不要命了？这太阳就要穿透隔阳板了！"

郑言睁眼，看着红衣人，突然大笑道："红衣弟弟，这是哪出啊？这阳光多好呀，晒晒太阳对身体好，快把被子扔了。"说罢，他伸手去扯被子。

红衣人吓得倒退几步，忙不迭开口道："别扔，我们会被烤死的。你人，你们不热吗？"

"不热。"

"真不热？"

"这阳光比我们那里差远了，不热。"

两个红衣人对视一眼，异口同声道："地球人果真不怕太阳！"

一名红衣人突然兴奋地一跃而起，大叫："太好了！斑斑有救了！"

两人抓住郑言和周班，急声说道："快走！去见斑主！"

不容分说，两人裹紧棉被，一手拉一个，一路狂奔，远远地看到了移动的墙，拼命奔过去。周班、郑言二人趔趄着身子，跟跟跄跄，跟着贴到墙上，老傻糊里糊涂，痴愣愣看着眼前的一切，突然撒腿追了上去，挤到红衣人的身侧。红衣人猛地用力，这墙便疯了一般向前飞奔，速度快到极限，令人晕头转向。

不一会儿工夫，墙的速度慢了下来，红衣人急匆匆地走向圆房子，三人在后边紧追慢赶。斑鸟和鸽子在头顶叽叽喳喳着，叫声很是急切。他们根本无暇顾及它们，疾步进入红门。

三人远远看见椭圆桌子前围了十几个红衣人，几位斑主站在桌子里边，个个面色凝重，像是商议着什么。听到脚步声，众人扭头，见郑言几人进来，没啥反应，十几个红衣人自动闪到一旁。

看着面前的三个地球人，三斑少有的无奈。"你人，本来今晚就可以送你们回去，可是斑斑出了状况，若是等不到晚上，恐怕你们也要受到牵连了，只能和斑斑共存亡了。"

一个红衣人低着头上前一步，说道："斑主，是慧斑害了斑斑，甘愿受罚。"

"不怪你们，你们尽力了！几百年来隔阳板没有出现问题。可是近日点比较薄弱，始终是个隐患。当年一斑二斑两位斑主为救斑斑，永远离开了我们，今日我们一样可以拯救斑斑。"

三斑眼神坚定，大义凛然，令人肃然起敬。

红衣人猛然抬头道："斑主，我去加厚隔阳板，我发誓要誓死捍卫斑斑，请让我去吧！"看样子，这名红衣人应该是慧斑的头儿。

"我也去！"

"还有我！"

红衣人纷纷上前。

三斑环视四周，欣慰地一笑，说道："慧斑是斑斑最大的财富，谢谢你们的付出。可是，身为斑主，我必须自己去，否则我永远都不会原谅自己的，大家都别争了，我和四斑一起去。"说罢，她和四斑交换眼神，两人相视一笑。

郑言和周班怔怔地看着眼前的这群人，明明近在咫尺，却是遥不可及！

灾难，尤其是毁灭性灾难，是对人性最大的考验，母亲可以舍身救子，以命换命，孩子或许也可以拼死救母。然而，没有任何血缘关系的人挺身而出，诠释的绝不是勇敢，而是胸襟！是大爱！是心怀天下、心怀家国、心怀他人的大爱！斑主如此！普通的斑斑人亦是如此！斑斑人的大义再次震撼着三人，其中也包括老傻。

短暂的沉寂之后，披着棉被的红衣人快步上前道："斑主，你人或许能救斑斑。"

"他们？如何救斑斑？不行，绝对不行，还是准备准备，送你人回地球吧！"三斑的话不容置疑。

"斑主，让我们试试吧！我们不怕太阳。"周班赶忙说道。

三斑没有接话，看向其他几位斑主。

五斑开口了："地球人生活在阳光下，应该不怕太阳。"

"可是，万一有危险，我们斑斑就害了你人了。"三斑还是很担心。

"我不怕太阳，我总是光着膀子晒太阳，我不怕晒。"老傻适时插话道。

"三斑阿姨，放心吧！我们的话或许你不信，但总该信老傻叔吧！我们没事的，就让我们去吧！"三斑犹豫着，再次看向其他几位斑主。

三斑迟疑几秒，迈步走到桌子的另一侧，斑主都跟了过去。声音很低，每个人都在急切表达着什么，似乎意见不统一。尽管听不清，旁观的三人也能看出讨论的激烈程度，最后有五个人举手，看来是通过举手表决了。

三斑摇摇头，转身走过来，径直来到他们跟前，深深一躬道："你人，本来我不同意你们冒险，可是，我也只能尊重大家的意见。斑斑就拜托你们了。"

周班赶忙扶起三斑。"三斑阿姨，斑斑对我们的热情款待，我们铭记于心，我们愿意帮助你们，只是不知道该怎么做。"

"你人，看到外边那个发亮的圆盘了吗？那是离太阳最近的地方，估计一会儿就要被太阳烤透，你们只要加上一块隔阳板，就没问题了，只是我们斑斑的人不能靠近，这种情况，我们一旦靠近，就会浑身长满斑点，很快死去。"

"可是，那么高，我们怎么安装？"

一名红衣人向前走了几步，先深深鞠了一躬，这才接话道："你人，我是慧斑的斑头，隔阳板离地面五百米，我们有专门的安装设备，只要按照我说的去做，就可以安上。"

"五百米？我的天！不行，我恐高，我做不了。"郑言连连摆手。

周班没有理会郑言，转头看向红衣人问道："我一个人可以吗？"

"恐怕不行，隔阳板又轻又薄，需要两人托起，送上去，才可以黏在原来的板子上。"

郑言不知何时躲到了老傻的身后。老傻突然来气了，离开郑言老远，气鼓鼓地说道："你不去，我去！"他快步走到周班身边，语气坚定地说道："我跟你去。"周班迟疑着，毕竟老傻不灵气，万一出现闪失，会彻底毁了斑斑。一时间，大家又陷入了僵局。

三斑沉默一会儿，道："这样吧，你人，我跟你去。"

"不行！"几位斑主异口同声。

老傻又凶巴巴地走向郑言，怒斥道："胆小鬼！没出息！丢人！"说罢，他还狠狠地向郑言吐了一口唾沫。

这下郑言急眼了，叫道："你才是胆小鬼！我害怕？好笑！大不了一死，有什么好怕的！我去！"说罢，他挺直腰板，又大声说了一遍："我去！"

周班长出一口气，走上前拍拍郑言的肩膀，伸出一个大拇指。

两人郑重地面向斑主开口道："我们要救斑斑！"

"谢谢你人，谢谢你们！"几位斑主齐刷刷地又鞠了一躬。所有的人都把希望寄托在两人身上，紧张的气氛轻松了几分。

第十四章　拯救斑斑

既然决定帮助斑斑度过危机，周班和郑言便再无退路。

一股凛然正气油然而生，尤其是郑言，一种从未有过的感觉润泽着干涸的心。以前，自己有钱，听惯了太多人的谄媚，众星捧月，称兄道弟，沧海市人人都要敬他几分，可是，如今想想，那笑容又有几分真诚？郑言凄然一笑，心想：自己待那虎子如亲兄弟一般，将身家性命托付于他，却不想，养出一头白眼狼，害得老婆孩子无家可归，真是可笑。自己来到陌生的斑斑，感受着斑斑的真诚和热情，得到从未有过的轻松、温暖。如今，上天安排了拯救斑斑的机会，自己就算是死，也值了。

郑言的表情异常严肃，看向周班道："兄弟，我活不了几天了，再次拜托你，如果我不在了，请帮我照顾好老婆孩子！这次，我相信自己没看错人。"

周班眼眶有些湿润，扭过头，忍住眼泪，回道："哥，你放心，有我一口吃的，绝不会饿着嫂子和孩子。"

郑言咧嘴笑了，长久以来从未如此轻松过。"好！我们先救斑斑。"两人说话间，老傻一直跟在身后，心头一阵阵酸楚。

郑言二人与红衣人围坐在圆桌前，领头的红衣人拿出红、黄、黑三色手环，让二人戴在右手腕上，然后递给周班一个圆形红色纽扣，"这个纽扣是进入慧斑的钥匙，进去之后，打开左边第一台电脑，把它放入电脑右下边插孔，就会有声音提示，你按照指令去做，就可以拿到隔阳板。"说着，红衣人又拿出一个指甲盖大小的黄色胸针，别到周班胸前，道："你人，这是安装向导，拿到隔阳板之后，它可以解答你的任何问题，引导你完成安装。它会听从你的所有指令。"周班牢牢地记住了红衣人的嘱咐。

老傻在一旁默默看着，脸上的皱纹深了几分。

突然一个响亮的喷嚏，众人齐刷刷看向他，老傻不自然地拽拽衣角，轻咳几声，低声道："我，我也想帮忙。"

三斑微笑着看向他。"你人，谢谢，两个人就够了。我们一起等他们回来。"

随后，三斑转头又看向周班二人，郑重开口道："你人，到了近日点，若是无法承受炙烤，你们一定要发出撤离指令，迅速离开，不可以身涉险。"

周班两人起身，领头的红衣人又开口说道："三斑的话一定要记住，这里不是地球，这炙热你们可能承受不住，一定要注意安全。接下来就靠你们了，我们不能陪你们前去，我们不敢靠近近日点，拜托了！"红衣人再次拱手道谢。

屋子里气氛凝重，仿佛风雨欲来，周班二人感觉肩上重有千斤！

二人起身往外走去，两名红衣人一直跟到红色小门，止住脚步，再次开口道："你人，沿着草坪出去之后，就能看到那堵墙，你只要说出去哪，墙就会自动接收你的指令，保重！"

从红门出来，一群鸽子扑棱棱飞起，在周班、郑言的头顶上盘旋，咕咕叫着为他们壮行。不知何时，斑鸟也飞上天空，队列整齐，跟在鸽群的后边。两支整齐的护卫队一直在上空紧紧相随。

这条草坪路似乎是从未有过的漫长，两个人越走越急，干脆小跑起来，最后一路狂奔。郑言累得气喘吁吁，脚下速度不减。周班心底升起一种异样：公司的大老板，拖着病体，能做到这一步，着实不易！这样想着，周班不着痕迹地放缓脚步。

两人终于踏上了宽阔的街道，头顶上方的方队盘旋两圈，才掉头回去。

一堵墙静静地等在那里，好似一列准备出站的火车。这堵墙对于周班两人并不陌生，但它像现在这样静止不动，还是头一次见，不免好奇。墙头好似火车车头，呈圆弧状，泛着银光，用手抚上去很光滑却有些发烫，想来也是太阳炙烤的结果。周班收回手，甩掉心头的杂念，拉着郑言靠上去，抬头觉得那闪亮的大圆盘愈发刺眼，便急匆匆地开口道："快点儿，去慧斑！"这墙便缓缓启动。周班心中着急，说道："再快点儿！"听到指令，这墙突然发疯般狂奔，二人耳边风声呼呼，一路向前。

眨眼工夫一个急刹车，墙骤然停了下来，两人脑袋瓜嗡嗡作响，眼冒金星，两人缓了几缓，才稳住心神：看来斑斑的技术也需要改进呀，急眼的时候，他们跟地球人也没啥区别。这个念头只是一闪而过，正事可是耽误不得。

两人火急火燎地到达慧斑。眼前就是旋转的玻璃门，根本找不到入口，周班拿出红色纽扣，还没等贴近，旋转感瞬间消失，一扇门自动打开。

蒙圈状态的两人，进去先确认一下左右方向，直奔第一台电脑，打开开关，将红纽扣插入圆孔，几秒钟后，屏幕上出现一名红衣人，就是刚刚给他们纽扣的人。

"你人，谢谢你们，你们看看脚下，有两块黑色的地砖，请站到上面去。"

两人左右寻找，果然，相隔十几步远各有一块黑色地砖，二人站上去，地砖便脱离了地面，逐渐升高，离屋顶越来越近。郑言惊叫着："别升了，快停下！"喊叫声在空中回荡，轻飘飘散去，但是升高依旧继续。

耳边传来红衣人的声音："把右手举过头顶。"

两人哆嗦着举起手。

声音又传来："红手镯，长！"

两人手腕上的红色圆环开始变粗，直径足有两三米宽。二人既害怕又新奇：这么大的圆环居然轻如羽毛。

"你人，别动！隔阳板要下来了。"

"隔阳板，下！"

一阵似有似无的清风从头顶拂过，一块薄如蝉翼的透明板被吸附到红手环上，随后，两人便开始下降。

刚一着地，红衣人的声音再次传来："你人，出去后，要怎么做，去问黄色胸针。如果遇到危险，只要说出'放弃'二字，你们便可以迅速离开。"

话音一落，电脑黑屏，一切归于寂静。两人又有些恍惚，分不清是梦境还是现实，刚刚的一切好似从未发生过。高高举起的右手以及手腕上的遮阳板将两人拉回现实。

两人高举隔阳板，离开慧斑，加快脚步，直到贴上移动的墙壁，才稍稍缓过神来。周班平复呼吸，随后迅速发出指令："快点，去近日点。"墙便又疯跑起来。闪亮的圆盘越来越近，速度也慢了下来。

两人站在近日点下方，一股熟悉的炙烤感扑面而来，有点儿像三伏天。短短一会儿，两人便浑身燥热，额头渗出汗珠。这样下去，两人很快就会承受不住。

郑言喘着粗气道："小兄弟，不对劲！我们手上的隔阳板为啥挡不住太阳光，我要被烤死了！"

周班抬起左手，在脸上扇扇风，看着透明的隔阳板。按理说，两个人被它罩住，应该不热，可是，这隔阳板根本不起作用，是不是哪个环节出了问题？

周班有些焦急，一手抚在胸针上。

"请问，隔阳板为何不隔热？是不是弄错了？接下来，我们该怎么做？"

"没错！隔阳板只有贴合上去，才会发挥作用，辛苦你们了！"

随着声音落下，胸针"唰"的一下，发出两道黄光，在地面形成两个圆。"站到上面去。"听到指令，两人各自站到一个圆圈上。他们不知道的是，此时红色手环慢慢变小，逐渐消失，黄色手环变得粗壮，隔阳板静静地贴在黄色手环上。

"你人，站稳了。"话音刚落，圆形地面便开始上升，脚下的街道被一点点推远，景物逐渐变小。

豆大的汗珠从郑言额头渗出，他双腿颤抖，脸色煞白。"小兄弟，我不行了！"

周班也很害怕，可是，没有退路。"郑大哥，挺住啊！别看脚下，你抬头看看天，快！抬头。"

郑言哆哆嗦嗦，吃力地抬头，天空一片湛蓝，亮光有些晃眼。

儿子天真的小脸出现在脑海里，异常清晰：爸爸，天空为什么是蓝色的？星星为什么会眨眼？那清澈的眼神仿佛近在咫尺，忍不住想要伸手去触摸。儿子！对，一定要回去！想到儿子，老婆孩子抱头痛哭的情景便越发清晰，心脏一阵阵刺痛。回去！一定要回去！郑言浑身骤然蓄满了力量，咬紧牙关，右臂伸直。

郑言战胜了心里的恐惧，火辣辣的热气却扑面而来。太阳仿佛脱掉了一切外衣，赤裸着，好似一个烧红的铁球，肆无忌惮地靠近两人。

"热死了！热死了！"周班喘着粗气，伸出左手，想要遮住那毒辣的太阳。

一股布料烧焦的味道钻入鼻孔，刚刚消停的郑言大叫："着火了！着火了！"果然，两人的衣服、头发开始冒烟。

周班也慌了：是不是要放弃了？这样下去，自己很可能被烧成焦炭。

慌乱中，周班朝郑言大喊："大哥！怎么办？回去吗？"

郑言胡乱扑打着衣服，听到喊声，怔了一下，心想："回去？回去以后呢？"抬头，近日点就在眼前。"不，不能回去！"郑言强打精神，用力喊叫："不——回——去——！"

周班听到喊声，一下来了精神，发出指令："快！加速！送我们到达近日点。""唰"的一下，二人感觉到了顶端，脚下一顿，停下了。

汗水湿透了衣服，衣服紧紧贴在身上，二人头顶蒸腾着热气，看不出是水汽还是烤煳的烟气，两人被白色雾气包围。皮肤被生生撕裂的痛感阵阵传来，二人应该撑不下去了，放弃吧！不行了！

两人闻到了死亡的气息，身心达到了极限，右手臂早已没了知觉。救不了斑斑了！回不了家了！

周班胡乱地抹着脸上的汗水，试图让视线清晰，却什么都看不到。"妈妈！妈妈！妈妈怎么办？"泪水夺眶而出，周班听到了自己的呜咽，仿佛也听到了郑言的哭声……"见不到妈妈了！救不了斑斑了！"

斑斑？斑斑要毁在自己手里了！不行！想到斑斑，想到三斑信任的眼神，想到红衣人、黄衣人……周班浑身来了力气，喘着粗气，咬牙用力，手臂猛地伸直，往上一送，同时大喊一声"啊——"右手传来一股上吸的力量，感觉隔阳板紧紧贴合上去，手里骤然空了，手上的圆环全部贴合到隔阳板上。

两人抬头，上空不再刺眼，闪亮的圆盘不见了。

热气也渐渐褪去，清凉的风拂过全身，两人冷得禁不住打了个寒战。

郑言一屁股跌坐到高台上，顺势倒下，成"大"字形一动不动，泪水模糊了双眼。

不记得这是第几次落泪了，自从来了斑斑，自己动不动就流泪，若是以前，看到哪个男人流泪，郑言都会嗤之以鼻，可是，今日的泪水，着实控制不住，不单单是劫后余生，里面还掺杂了太多的苦辣酸甜。

周班浑身瘫软，再也没有力气支撑了，瘫倒在那，却又瞬间跳起，用力挥舞着手臂，哑着嗓子大喊："我们成功了！我们成功了！"

高台缓缓下降，离地面越来越近，欢呼声由远及近，人群从四面八方涌来，围住高台仰望。

高台停下的瞬间，两人被众人围住、抬起，高高抛向空中，接住，再抛起。

"我们得救了！我们得救了！谢谢你人！谢谢你人！"

人们跳着喊着，两人在热情的海洋中起起伏伏，悄悄拭去眼中的泪水。不知过了多久，两名红衣人拨开人群，二人才得以着地。在人群的簇拥下，他们朝圆房子而去。

第十五章　三斑报恩

远远地，二人就看见成群的鸽子排着整齐的队形，咕咕叫着，在头顶盘旋，它们在用自己的方式表达谢意。

圆房子外，几位斑主站成一排，见到他们，深鞠一躬，两人有些不好意思。三斑开口道："谢谢你人，谢谢你们救了斑斑！"说着，她让开一条路，一行人进了圆房子，围坐到椭圆桌前。二人像众星捧月一般，坐到正中，感觉浑身不自在，老傻蹑在身后，双手反复揉搓着，嘴巴微张，双眼放光，满脸的褶子向上堆成一团。

三斑笑盈盈看着二人，开口道："你人，谢谢你们救了斑斑，这份大恩我们无以回报。我和几位斑主商议了一下，你们若想留在这里，我们欢迎。若是想回家，我们一定送你们回去。"

"对，对，欢迎你们留在斑斑。"其他几位斑主也是盛情挽留。

三人一时不知所措，老傻那是高度兴奋，另外两人却是劫后余生。

用劫后余生一点也不为过，两人的确在鬼门关走了一遭。周班和郑言此时是疲惫、兴奋、恍惚交杂着。从高台上下来之后，他们便如木偶一般，四肢完全不受支配，只知道周围全是人，至于斑主说的话，根本没听到。

三斑笑笑，接着说道："你人，你们来这里将近两日，地球上就是过了两个月，若是挂念家里亲人，我们也不强求，今晚就送你们回去。是去是留，你们自己决定。"

老傻痴痴地傻笑，看样子是要留下。郑言和周班刚刚稳定心神，身体也有了反应。

周班率先开口道："几位斑主，我要回去，妈妈因为我一夜白头，我要回去尽孝。我想郑大哥也会回去，因为家里同样有他牵挂的人。"他的声音有些沙哑，周班不自觉地舔了舔干裂的嘴唇。

"小兄弟的话说到我的心坎里了，对，我也回去，不能眼睁睁地看着妻儿受苦。我知道，回去后我也活不了几天，但是哪怕只有一天，我也要和家人在一起。"郑言语气沉重，却很坚定。

"好吧！既然你们执意要走，那么今晚就是个机会，晚上九点九分九秒，你们可以从黄门出去，斑语没变，只要你们准时说出斑语，就可以回到地球。"

见两人点头，老傻有些怏怏然。没办法，大家一起来的，总要一起走，况且自己一个人留在这，也没什么意思。

做好决定后，周班、郑言此时才感觉浑身疼痛，疲惫不堪，身上的皮肤也皱巴得难受，只想好好睡上一觉。

于是，斑斑众人起身，准备离开。

三斑注视着两人，心下有了决定，问道："你人，就这样回去了？你们救了斑斑所有人的性命，就没有什么要求吗？"

郑言驻足，欲言又止。他希望时间能回到一年前，一切从头开始。可是，他目睹了斑斑刚刚经历一场灾难，若是再为了自己而将斑斑推入深渊，郑言于心不忍。经历了一次生死后，郑言看淡了许多，也很知足，在生命的最后时刻，自己挽救了那么多人的性命，值了！顿时，巨大的幸福感充斥了郑言的全身，他随之展开灿烂的笑容，看向三斑。

"能救斑斑，我由衷地高兴，这是我们与斑斑的缘分，我没有任何要求，斑主请不要多想。"一番话说完，郑言仿佛一块石头落地，悬着的心总算放下，心情也格外轻松。他转身迈着轻快的步伐，往外走去。

周班会心一笑，小跑着跟上去，朝郑言赞许地挑眉，低声赞道："大哥，佩服！"老傻左右看看，挠挠头，不得不迈动脚步。

眼见三人利索地离开，身后一群人站着没动，三斑与几位斑主一个眼神交流，大声叫住三人："你人，等等。"接着，几位斑主快步地走向他们。

"你人，你们救了斑斑，我们也要救你一命，我们要让时间倒退、时光倒流！"此言一出，震惊了在场的所有人，所有的声音戛然而止。

领头的红衣人率先反应过来，急切地说道："斑主，不可以！不能让时间倒退，不能触犯斑规！"其他几位斑主默默地注视着三斑，挣扎着，想要解开这个死结。

"听我说，今日若是没有你人，斑斑也就不存在了，斑规不可违，所有后果我一人承担。"三斑的语气十分坚定，不容置疑。

所有人的目光齐刷刷地投向五斑，五斑脸上有五个斑点，俊朗挺拔，头上梳着一根辫子，目光深邃，看向三斑，问道："你想好了？"

"嗯！"三斑点头道。

"你知道后果吗？"

"我知道。"三斑的头更低了。

"斑规不允许动母斑钟，不允许时光倒流，可是，斑规还有一条，关系斑斑生死存亡时，可由首斑主做主，让时光倒流。"

五斑轻叹一声，"可是，如今斑斑的危机已除，再动斑钟，便是违规"。

三斑猛地抬头，直视五斑，郑重说道："若不是你人，今日斑斑必亡，这难道不是生死存亡吗？以时光倒流换斑斑平安，难道不值吗？我是首斑，这事就这么定了。"

"可是，你会受到惩罚的。"五斑焦急地看着三斑。

眼前的一切又一次震撼着周班三人，郑言的心结已经解开，见此情景，赶忙开口道："几位斑主，你们的好意我们心领了。我不想连累斑主，你们不必让时光倒流，否则我会于心不安的。"

凝固的空气终于有所缓和，可是接下来三斑的话再次将众人的心揪紧。

"斑斑不能知恩不报，时光必须倒流。"

首斑主做出的决定不容置疑。

"今晚九点钟我会拨动母斑钟 12 圈，黄杂斑会提前将你人送到黄门等候，时间一到，你们念动斑语，就可以回到地球，而地球正好是一年前。"

周班思忖着，斑主违反了斑规，定是处罚不轻，否则不至于如此纠结，不行，我们不能这么自私！

"三斑阿姨，您不必为我们费心了。你们能送我们回家，真的很感激，我们不希望时光倒流，该面对的就让我们自己去面对吧！"

三斑微笑着准备开口解释，突然老傻插了一句："我想知道，是、是什么惩罚。"

"这与你们无关，就别问了。"三斑回道。

"不，老傻叔问得对，我们要知道后果。"周班态度十分坚决。

"好，我告诉你们。"脸上九个斑点的斑主抢着说道。

九斑不顾其他人阻拦，语速加快继续说："这母斑钟一动，时间倒退，斑斑的所有人都会迅速变年轻，这个速度是你们想象不到的。因此，我们所有人要在斑钟被拨动之前躲进黑门，黑门有一个密室，不受斑钟的影响。直到母斑钟停止拨动，一切恢复正常，躲在黑门的人才可以出来。但是，拨动母斑钟的人无处躲藏，会变得年轻、变小，甚至变成婴儿，或者回到母体，再或者彻底消失。"九斑的声音越来越低，低得几乎听不到。

原来三斑要用自己的生命给他们赢得一年的时间，郑言的大脑嗡嗡作响，浑身的血液像凝固了一般。周班率先回过神来，着急地说道："不行，我们不同意，我们不配合，时光不能倒流。"于是，所有人争抢着开口，一致否定。

老傻瓮声瓮气地说："不同意！我也不同意。"他喊得有些急切，满脸通红。

三斑听着、看着，满眼欣慰。

"好了，九斑言重了，我最多只是年轻些，不是更好？我不会有事的，大家都听我的，就这么定了。"

五斑走向她，把三斑的手握在自己宽厚的掌心里，满眼温柔。"既然决定了，就去做吧，我支持你，我不会让你有事的。"

三斑的眼中蒙上一层水雾，感激道："谢谢你！"

随后，三斑看向众人，郑重说道："我下面的话，大家听好了。红杂斑，送你人回去，你们三人先吃些东西，再休息一会儿，九点之前由黄杂斑送到黄门。另外，首斑主由四斑接任，几位斑主分头去通知所有人，确保九点之前全部进入黑门。注意，今晚所有时间都以地球时间为准。"

众人都知多说无用，只得分头行动。

三斑坐回桌子前，五斑走过去，紧挨着坐下，满眼怜惜与不舍。众人则悄悄离开。

三人心情沉重，没心思吃饭，径直回了红房子。

路上，周班开口道："红衣大哥，三斑和五斑是夫妻？"

"对！如今最担心的是五斑。可是，谁也无法改变三斑的决定。"

三人没再说话，进入红房子，紧走几步，推开门，往床上一摔，这架势，恨不得一起摔死算了，免得一团乱麻。

红衣人站在门口，催促三人前去吃饭，然而三人如死鱼般躺在床上，没有任何回应。无奈，红衣人只好走到床边，劝道："去吃点吧！你们马上就要离开斑斑，别留下遗憾。"郑言听闻，一骨碌起身，说道："走，听红衣兄弟的。"于是，一行人直奔需斑。

三人胡乱点了饭菜，吃得没滋没味，不远处有人低声说话，三人循声望去，看见三斑和五斑坐在桌前，三斑面前的餐盘堆满了饭菜，五斑还在不停地往盘里夹菜，并低声嘱咐着什么。

三人更没了胃口，心里很不是滋味。郑言木讷地坐在那，耷拉着头，恨不得钻到桌子底下。自己死了便死了，为何还要害得人家夫妻分离？自己何时这样窝囊过？

他猛地起身，却被红衣人一把按到座位上。"别去，三斑决定的事，不可能改变，别去打扰他们。"

郑言低头塞了满满一嘴饭，将头埋到盘子里，泪水一滴一滴地落到手背上，沿着皮肤的纹理流进餐盘，渗入饭菜，嘴里便又多了几分苦涩。

周班右手攥紧筷子，狠狠地杵着一块红烧肉，一下又一下，那本来方方正正的肉块，瞬时没了棱角，没了风骨，软塌塌一片！

老傻挑起一根菜叶，放到嘴里，机械地嚼着，眼前的饭菜就是不见少。

红衣人摇头道："快吃吧！不能浪费。"他的一句话，仿佛打破了魔咒，又好似打开了开关，三人齐刷刷地端起餐盘，几口就扒拉干净，饭菜一扫而光。"走了！"郑言起身，出了需斑。

离开需斑，郑言大口喘着粗气，捶打着胸口道："小兄弟，憋死我了，真他妈憋屈，不想拖累别人，你说咋办？"

"没法办！我们拦不住三斑。三斑人这么好，不会有事。"

墙缓缓移动，甚至有些迟钝，几个人靠了上去，人不少，却静得出奇。斑斑的人情绪都很低落，气氛沉闷，压得墙都喘不过气来，只好发出"呜——呜——"的声音，恰似凄凉的秋风在光秃秃的枝头扫过，吃力，无助，又有些不堪重负，似乎随时都会停下。

人与墙一起浑浑噩噩、不知不觉地慢下来。

三人低头又走了一会，远远看见红房子，又是推门、放倒、躺平。

"也不知道几点了？我们还能在斑斑待多久？"周班嘀咕着。

"现在是斑斑时间一点三十二分。"报时的声音也变得有些低沉。

周班瞪大眼睛，四处看看，非要找出声源，又追问一句："请问几点了？"

"刚刚不是报过吗？你没听清楚吗？我再说一遍，你可听好了，下午一点三十三分。"

周班循着声音望去，入眼的是雪白的墙壁。哎！这先进的技术若是能带回地球，该多好！周班感觉有些遗憾。干脆起身，去了卫生间，鼓捣了半天，也没看出机关，然后又在屋里展开地毯式的搜索，仍然一无所获，便一屁股坐到床边，很是失落。

郑言呈"大"字形挺尸一般，一动不动。

"喂，郑大哥，聊两句。"周班伸手扒拉了郑言一下。

郑言没动，周班又扒拉他，还是一样。

周班吓得贴近他，问道："大哥，别吓我，该不会傻了吧？"

"哎！我倒是希望自己傻了，或者干脆死了算了。"

"别胡说，事情已经这样了，听天由命吧！"

"若是回到一年前，我们真能如愿吗？你的身体或许会好，可我的女朋友……世事难料啊！不想了，该来的躲不过。"

两人又陷入了沉默，好半天，郑言轻叹一声，扭头看向老傻，问道："老傻，你在想什么呢？回到一年前，你还是继续捡垃圾？总该不虚此行吧？你想干啥，跟我说，到公司找我，我帮你。"

　　老傻收回直愣愣的目光，咧嘴苦笑道："咋过都一样！一个人，无所谓。""挺通透啊！"郑言看着老傻的满脸褶子，知道他的内心苦，但是谁不苦啊？各人都有各人的不容易。

　　别看个个外表光鲜，说不定他们的内心早已千疮百孔！这不，郑言的大脚拇趾紧紧抠着鞋底，早已破洞而出，他好几次试图把脚趾缩回到袜子里，却始终未能如愿，还好，外边有皮鞋罩着，不至于太难堪！郑言有点羡慕老傻，最起码他是里外一致。

　　人这东西，很是复杂！两面三刀、背信弃义、爱憎分明、舍己救人、小气、大气、自私、无私、恨人、爱人、杀人、救人、哭、笑、悲、喜……成千上万个词语，都说不完人性。

　　去他娘的！郑言暗自思忖，回去好好活着，把好词都活一遍，不然，自己就枉为人了。郑言的心尖好似被一根无形的细线揪着，轻轻一拽，便要滴出血珠，疼得人泪眼模糊。

　　三人死盯着雪白的房顶，大脑一片空白，各怀心事。不，确切地说，是两个人各怀心事。老傻好似没啥心事，但也不能说完全没有心事，只是，有，也不能如愿，于是，他干脆不奢望了。若时光倒流，回到一年前，还是一样，改变不了什么；若是回到十几二十年前，或许……或许吧！所以，老傻还是有心事的，只是深埋心底，不愿提及，不敢提及。糊里糊涂，听天由命吧！就这样，三个人迷迷糊糊地，直到傍晚。

　　两名红衣人来敲门时，三人还保持着原来的姿势。"你人，吃晚饭了。我们要提前去黄门候着。"于是，三人回笼思绪，机械地起身，去了需斑。

　　在需斑，三人端着托盘，围着热气腾腾的饭菜走了一圈，一样菜也没夹，接着又走了第二圈。老傻叹口气停了下来，怔怔地看着两人在饭菜间踌躇。斑斑的人纷纷投来复杂的目光，有探寻，有无奈，有不舍。

　　红衣人吃完饭，快步赶过来，说道："你人，想吃什么，快点吧！吃饱了，你们还要准备准备。"两人没有回应，继续绕圈。

"哎！只能给你人随意搭配点饭菜了！"于是，三人的托盘里便被盛满了饭菜。斑斑的人不善言辞，知晓三人要离开，就用这种最朴实的方式来表达内心的情感。

三人坐下来，端详着饭菜，轻叹一声，大口大口地吞咽，直到胃里无声地反抗，实在装不下了，三人才放下碗筷。起身的时候，三人不经意地又瞥见了角落里的两人——三斑和五斑。五斑在三斑的耳边低声说着，随后从颈间取下项链给三斑戴上，三斑则将一只戒指戴到五斑的手指上。

"这是一个信物，三斑一旦变小了，记不得五斑，这就是凭证。"红衣人小声解释道。

吃过饭，人们陆续离开，斑斑千百年来不曾有过生离死别的场面，人人心里都十分难过。

眼见三斑、五斑起身要走，郑言几步奔过去，叫道："三斑！"

三斑回头。

"可不可以不要让时光倒流？"

三斑看向郑言，目光一如既往地温柔，轻声说道："你人，不必自责，凡事都讲究缘分，讲究天意，你们在特殊的时间来到斑斑，恰巧解了斑斑的危难，应该说，冥冥中自有安排。你们舍身相救，值得我用生命回报，我们都要坦然接受。况且，我只是变得年轻，不算啥事，就算变成小孩，我也会很快长大的，放心吧！"

她的话语很轻、很柔，可听到三人的耳中，却似针扎般刺难受。

郑言鼻子酸涩，越发觉得眼前的三斑是那样的干净、圣洁，就连脸上的三个斑点，也美得耀眼夺目。

"三斑，既然无法改变，我真心地谢谢您！"说完，郑言深鞠一躬。

"快起来，要说感谢，斑斑还要谢谢你们。你就不要客套了，快去准备吧！别错过了时辰，回到地球，好好生活，保重身体。"

双方相互道别，分头去做准备。

第十六章　时光倒流

　　人们吃过晚饭，回到住处，街道顿时冷清下来，天空也暗淡了几分。十几名红衣人从红房子走出来，身后跟着大批的居民，他们怀里抱着小的，手里牵着大的，迅速有序地撤离。几位斑主站在人群两侧，目送人群远去，黑压压的人群全部进入黑门之后，一切都静了下来。

　　周班几人走向街的另一头，靠在墙上，向人群相反的方向而去。

　　不久，墙慢了下来。三人离开墙壁，没走多远，前面便是一个岔路。他们远远地看见一扇黄色的大门，有三四米高，这便是黄门，是他们当初误入斑斑的黄门，也是即将送他们回家的黄门。

　　黄衣人递给周班一块手表，叮嘱道："你人，这块手表和地球的时间是一致的，记着九点九分九秒喊出'九点九九'，这样你们就可以回到地球了。为了保险起见，你们在九点九分时开始喊斑语，反反复复，不要停，别错过了时间，不然，三斑的牺牲就没意义了。"

　　周班点头示意。

　　另一个黄衣人拿出一块长方形板子，递给老傻。"你人，这是答应给你的，带回去吧！"

　　老傻迟疑着，接过来，低头一看，双手颤抖着，紧紧贴在胸口，声音哽咽道："谢谢，谢谢你们！"一阵阵酸楚瞬间浸湿了他的眼眶。

　　"我俩也要去黑门了，若是时光倒流，我俩也活不成。你人，我们不能陪你们了，请多保重。"

眼见两名黄衣人离去，郑言心中万分不舍，这是在斑斑见到的最后两个人。郑言将手拢在嘴边，拉长声音喊道："谢——谢——你——们——，保——重——"黄衣人没有回头，朝后边挥挥手。

周班抬起手腕，刚好八点三十分。

老傻摩挲着塑料板，那是女儿留下来的一家三口的画像，是比自己的命还贵重的东西。

三人沉默着，坐下来，仰望天空，等待时间，等待重生。

再说三斑，等到所有人都进入了黑门，她的心里才算踏实下来，只是五斑寸步不离，非要送三斑去时斑。

时斑建得方方正正，坐落在那，岿然不动，有点像镇山的山神，或者是西天的弥勒佛祖，让人望而生畏且虔诚恭敬。时斑的正面镶着一个巨大的钟表，钟摆来回摆动，一下又一下，沉闷且沉重。

几名红衣人递给三斑一个纽扣，并向她恭恭敬敬地鞠了一躬，他们个个红了眼睛，转身去了黑门。

三斑看向五斑轻声说道："快去黑门吧！我一旦变成婴儿，就需要你照顾了，若是我们两个都变小了，谁来陪我长大？听话，走吧！"

五斑一把抱住三斑，哽咽道："嗯！都听你的，我们两个相互照顾，保重！"

说完，五斑猛地推开三斑，顺手夺下纽扣，直奔时斑，高声喊着："快去黑门。"三斑怔愣着，站在原地，泪水夺眶而出，半响，方才抬脚走过去。

钟摆下方有一个圆孔，五斑将纽扣放进去，门没有打开，他拿起纽扣，再放进去，还是没有动静。

一只柔软冰凉的手抚上他的手背，"对不起，我让人设了密码"。

一双布满血丝的眼睛盯着她，有气恼，更多的是怜惜和不舍，随后一个温暖有力的臂膀将三斑紧紧拥住。

五斑吸了吸鼻子，下颌轻轻地在爱人的颈窝摩挲，声音苦涩："颖儿，答应我，一定要活着！不能消失。你听着，晚一点拨动斑钟，速度要快，这样你就有机会，我只要你活着，即便是个婴儿。我不能失去你，我会陪你长大，为了我，为了斑斑，你一定要活着。"

五斑再次拥紧爱人，下巴轻轻地蹭着三斑的额头，恳求道："答应我。"

"嗯！我一定活着回来，你快走吧！"

三斑推开他，五斑深深看了三斑几眼，猛地转身，快步离开，靠上移动的墙壁。五斑双手捂脸，低声呜咽。

徐风微起，伴着淡淡的花香，三斑伫立在风中，白色的长裙轻轻飘起，仿佛九天仙女，神圣、高洁、不染凡尘。她深深地吸了几口熟悉的香气，立马神清气爽，心底忧郁的一扇门有香风拂过，豁然打开。三斑笑了，心情也跟着轻松了，周围的一切轻轻浮起，飘飘然。原来世间万物可以毫无重量，无金、无银、无山、无水，只要敞开心扉，便能包容万千。

目送五斑走远，三斑转身，插入纽扣，念出几个数字，墙壁上打开一扇门，她走了进去。

一道黑影猛地窜过来，三斑后退两步，轻声叫道："斑犬，是我。"大黑狗立刻收了戾气，伸出舌头，呼哧呼哧地喘着粗气，迈着粗壮的短腿过来撒娇，舔着三斑的右手。三斑抚摸着斑犬的头，心道："这斑犬也该控制狗粮了，若不然怎么守卫时斑！""好了，跟着我，一会儿听我指挥。"三斑说道。大黑狗摇摇尾巴，算是回应，昂起的头很是威武霸气。

身为斑主，三斑对时斑里面的布局了然于心。正对着门口的墙壁上，有两个醒目的大字：斑规！一般的规定条文，应该是一行行文字，且排列规规矩矩的，可是，这里的斑规只有六个大字：母斑钟，不能动！后边是一个个雨点，它们和三斑脸上的斑点一样，大头朝下，仿佛随时都会掉落。

左侧墙上悬挂着绿色的圆形钟表，秒针嗒嗒地跳动着，俨然一个活蹦乱跳的婴儿，这是子斑钟。

右边墙上挂着同样大小的钟表，红色，静静不动，仿佛托腮打盹的慈母，这是母斑钟。它只有一个指针，停在最上端的数字——十二。

母斑钟的四角各有一只小钟表，与子斑钟的时间不同，三斑知道，这四只小钟表与地球时间一致。若想要时间倒流，只需往回拨动母斑钟的指针，一圈便是斑斑的一天，地球便是一月，拨动十二圈并不困难。

三斑找到母斑钟的一个圆形凹槽，将纽扣放进去，轻声说道："下来吧！"

母斑钟发出"嘎巴、嘎巴"的响声，像是要整体坠落，却又纹丝没动，一个声音突兀地响起："确定要我下来吗？"

"确定！"三斑的语气十分坚定。

"哎！"一声长长的叹息后，一切归于平静。

毫无声息地，母斑钟滑了下来，一只硕大的钟表戳到地面上，刚好与三斑的头部齐平。

三斑抬手抚摸指针，大拇指粗细的指针泛着红光，有些晃眼，此时三斑的心里却是思绪翻腾。身为首斑主，遇到任何危难自己必须挺身而出，尽管有诸多不舍，也会义无反顾。她知道，指针一动，时间倒退，自己会迅速变小，变成婴儿，甚至消失。三斑抬头看看右上角的小钟表，必须准确把握时间，早了不行，晚了也不行，既要让你人回到一年前，又要确保自己活着！对！自己必须活着！活着去见爱人。

三斑朝大黑狗招招手道："过来！"那斑犬便乖乖地卧到她的身侧。"一会儿不管多大的动静，你都不要害怕，就在这里，等我。"这句话是对斑犬说，更是对自己的爱人说。

拨动母斑钟，会地动山摇，有了慧斑的智慧，斑斑的设施应该禁得住考验，而黑门中的百姓也能躲过这场变故。唯一不确定的就是自己对爱人的承诺：活着！

三斑合计着时间，决定九点零二分拨动指针，每分钟拨动两圈，预计九点零八分完成，以防万一，她留出一分钟以应对变故，确保九点九分拨回十二圈，再过九秒放开指针，时间恢复正常，三斑挺直腰板，稳定心神，静心等待。

九点钟，周斑盯着手表，不错眼珠。

九点钟，黑门里的几位斑主盯着手表，一动不动。五斑站在黑门的最外边，随时准备冲出去。

九点钟，三斑盯着小钟表，一秒一秒地数着时间。

九点钟，所有的人都在等待。有的等待重生，有的等待爱人，有的等待……

　　三斑不住地看时间，时不时地抬手，试试，刚刚好，可以拨动指针。秒针嗒嗒地跳着，九点过一分，一个念头冲进脑海，"嗡"的一声炸开，三斑惊出一身冷汗：拨动指针，自己会迅速变小、变矮，很快就够不到指针，恐怕无法完成十二圈，怎么办？三斑的额头渗出汗珠。

　　忽然，三斑感觉双腿被柔软的东西碰了一下，她低头看见斑犬，一下子有了主意。

　　她伸手摸摸大黑狗的头，说道："斑犬，一会儿我需要你的帮助。当我变小的时候，让我站到你的背上，好吗？"

　　"汪汪！"斑犬回应。

　　"好！我们一起努力，加油！"三斑双手握拳，给自己和斑犬加油。

　　大黑狗又"汪汪"叫了两声，浑身的毛根根竖起，如同全副武装的战士。

　　三斑紧紧盯着秒针，低声说道："做好准备！"

　　"汪汪！"

　　一人一犬，周身散发着耀眼的光芒。

　　正好九点二分，三斑握住指针，用力往回拨，可是巨大的阻力，似有千斤重，她只好双手用力，咔咔地拨回一圈，顿时听见四面八方震耳欲聋的声音。

　　此时的三斑，眼前只有指针，她喘一口气，继续用力，又拨回一圈。子斑钟忽然发出"叽叽"的声音，很是瘆人，周围掺杂着"咔吧、咔吧"的声音，不知是什么响动，整个时斑剧烈地抖动，更确切地说，整个斑斑都在颤动。

　　躲在黑门的人听到外面的声音，感觉地动山摇，几位斑主大声安抚众人，五斑则心急如焚。

　　周班三人正在黄门等待，耳边传来"咔吧、咔吧"的声音，整个地面开始晃动，他们站立不稳，只好蹲在地上。周班看看手表，说道："一定是三斑拨动斑钟，触犯了斑规，一会儿，九点过九分，你们跟着我一起喊'九点九九'。"三人大气不敢出，紧张地等待着。

三斑用力拨动指针，数着圈数：一圈、两圈、三圈……

三斑突然发觉手上的皮肤变光滑了，而且也有了力气，应该是变年轻了，必须抓紧！拨到第六圈时，手臂有些发麻，三斑咬牙坚持，手臂越发吃力。

指针到第八圈的最高点时，三斑够不到了，她紧紧握住指针大喊："斑犬，来，让我站到你的背上。"大黑狗一跃而起，确切地说是小黑狗，它的头钻入三斑的两腿间，三斑咬牙将右脚踩上黑狗的背，晃了晃，险些掉下来。她停顿两秒，迅速将左脚抬起、踩上。斑犬直挺身子，将三斑托起。

三斑加快了动作，感觉自己和斑犬都在变小，一定要快！她用尽全身力气继续拨动指针。

第十圈的时候，自己的手小得像七八岁的娃娃，手臂酸痛无力，长裙拖在黑狗的背上，将小狗整个盖住。

三斑机械地晃动着手臂，使出吃奶的力气，只剩最后一圈了！

她的整个身子向上伸直、挺起，小黑狗也拔高身子，一人一狗，雕塑一般，俨然冲锋陷阵的勇士，屹立于战火硝烟之中。

此刻，在硕大的母斑钟面前，小三斑和小黑狗小得近乎可怜，却又小得庄重、小得神圣、小得伟岸、小得如宇宙浩瀚、如高山巍峨！

就在这一刻，时间将被改写，这是用生命去改写的！而永不更改的是血脉传承的人间真情。这份真情融入血液、深入骨髓，世世代代，绵延不息。

最后一圈，拨到顶端，三斑用稚嫩的小手按住指针，不肯松手，然后扭头盯着右上角的小钟表。秒针从十二点划过，她咬牙坚持，一秒、两秒、三秒，每一秒都好似一个世纪，漫长且又煎熬。滑过九秒，三斑的小手无力地垂下来。

小手松开的瞬间，指针飞快前进，"唰——唰——唰——唰——"，眨眼间，拨回的十二圈迅速复位。母斑钟回到了最初的状态——还是那厚重的红色！还是静静不动！仍旧是托腮打盹的慈母……似乎一切都不曾改变。

白纱裙飘然落下，几个月大的婴儿裹在里边，蹬踹着四肢，旁边一只刚出生的小狗，萌萌蠕动。

子斑钟依旧嗒嗒地跳动着，俨然一个活蹦乱跳的婴儿，嬉笑着，撒着欢，仿佛活在自己的世界里。

忽然，地上的婴儿咯咯地笑着向外爬去，向着门口的方向爬去，白纱裙斜挂在婴儿雪白的手臂上，被长长地拖在后面，银铃般稚嫩的笑声在上空回荡。

门口一个高大的身影，风驰电掣，一把抱起地上的婴儿，忍着眼泪呢喃道："谢谢你，颖儿！谢谢你！"后边黑压压的一群人，收住脚步，都泪流满面。所有的人自觉让开一条路，目送三斑离开。小黑狗窝在一名红衣人的怀里，拱了拱，找个舒适的姿势，安静地睡去。

五斑小心翼翼地抱着婴儿，直奔红门斑，在那里三斑可以长大。

五斑不舍得将爱人交给红衣人，想要留下来陪着，四斑抬出首斑主的身份，命人强行拉五斑离开。因为五斑不能老去，他要在外边等着三斑长大。

整个斑斑都笼罩在悲痛中，四斑下了指令，休息一天，所有人都去了香斑，斑斑必须找回往日的快乐。很快，斑斑就恢复了正常。

五斑每天都要去看望三斑，天气好的时候，会抱着三斑到处走走，他在等待，等待爱人慢慢长大。

第十七章　回到一年前

再说周班三人，九点九分开始，他们一起喊出斑语，喊着喊着，眼前一道亮光，他们瞬间失去了知觉。

周班坐在操场的台阶上，手里捧着一本英语书，愣怔了一会儿，左右看看，果真回到了一年前，回到了高中时代。

操场上有跑步的、打篮球的同学，而更多的人手拿课本，在低声背诵。

忽然，一个穿红色运动衣的女孩跑过来，叫道："周班，周班，我找你半天了。"这就是周班青梅竹马的女友夏筱，小名云点儿。

周班合上书，盯着女孩，没出声。

夏筱把手在他的眼前晃了晃，喊道："喂！你怎么了，看书看傻了？"周班没动，他恨夏筱的背叛，但一时又有些愣怔：难不成一切都是做梦？这女孩从未离开过自己？这灿烂如花的笑脸，眼神满含爱意，怎会离开自己？周班晃了晃头，试图看清眼前的一切。

少女晃动着他的手臂，周班回过神来，轻轻开口道："有事吗？"

他平静的语气让夏筱有些错愕。她很快莞尔一笑，说道："没事就不能找你吗？瞧瞧你，只有半天的自由时间，你也不知道放松，我们出去吃个饭，好不好，我请你。"

周班心口发堵。自己和妈妈相依为命，家里条件不好，他不舍得乱花钱，可是要女友请客，又有点说不过去。

"云点儿，还有一年就高考了，我们要考上重点大学，就得努力，听话！坐这，我考考你。"夏筱又是一愣，周班只会叫她"点儿"，嗔怪的时候喊她夏筱，"云点儿"——听起来有些生分。

"真没意思！你就陪我去吧！"女友开始撒娇。

忽然，周班头脑中一个镜头闪过，就是今天他和夏筱吵架了，云点儿去陪李天过生日，也正是这个李天抢走了云点儿。

周班起身。"走，我陪你。"

两人并肩走出校门。刚走几步，身后有人叫道："周班，等等，周班。"周班假装没听见，怒火却噌噌上涨，那架势仿佛活活能把李天烧死。

"周班！"声音有点歇斯底里。

夏筱收住脚步，李天急匆匆地赶上来，叫道："我喊这么大声，你没听到？周班，你聋了？"

"你瞎了？"周班挑眉怼道。

身边两人皆是一愣，一向老实的周班今天怎么了？

"你啥意思？"李天脸奔拉下来。

"啥意思？没意思！我和女朋友出去吃饭，你想照个亮？"

"我去！我想请你俩吃饭，我请客！去幸福斋，怎么样？给个面子。"李天唽瑟着，眼神不住地偷瞄夏筱。

"没时间！"说着，周班拉起夏筱就走。

"喂！你小子不够哥们啊，重色轻友，今天是我的生日，走吧！哥几个聚一聚。"李天边说边拉住周班。

周班没动，语气冰冷地说道："我没空，放开！"随后，他用力地甩开李天。

"你小子疯了？不去就不去，用得着急眼吗？"李天怒斥着周班。

夏筱赶忙劝道："李天，周班跟我生气呢，你别怪他，你快去吧！好好过生日，别扫兴。"

李天轻嗤一声，看向夏筱，说道："夏筱，他不去，你去不去？这可是我在高中的最后一个生日了，你看着办。"

夏筱有些为难，手臂猛地被人拉紧，周班拽着她快步离开。"走了，我们吃饭去。"

夏筱尴尬地回头，朝李天挥手道："李天，对不起啊！"

一顿饭，吃掉了周班一百多块，若说不心疼，那是假的，妈妈开个小卖部，供他上学，不容易。想到妈妈，周班心口发紧。咬咬牙，大不了啃几天馒头，大老爷们，挺挺就过去了，反正不能让妈妈担心。

对面坐着的夏筱吃得有些心不在焉。

若是以前，周班不会多想，经历了背叛，又在斑斑走了一遭，周班觉得自己开了天眼，夏筱的小心思被他看得透彻，自己也知道，两人再也回不到从前了。只是，他心里别扭、较劲，不能白白地便宜了李天那家伙。

目送夏筱进了宿舍楼后，周班转身离开，不料在拐角处被李天拦住，李天身边还有一左一右两个跟班。

"周班，今天给你脸，是看夏筱的面子，你以为我会请你，回去照照镜子，穷鬼！"后两个字从牙缝挤出来的时候，周班一个箭步窜上去，却被两个跟班拦住，随手被揉个趔趄。

李天俯视着周班，邪恶地一笑，压低声音道："夏筱是我的，离她远点。"转身晃晃荡荡地走远了。

周班坐在那，半天没动，忽然轻笑着摇头。有几个看热闹的很是不解，心想：这人想必是气傻了吧，怎么还笑得出来？周班起身掸掸身上的尘土，预想的冲动非但没来，反而清明得很——不值得！

午后的阳光火辣又不失温和，周班在操场的树荫下看书，同桌凑到耳边压低声音："有人看见夏筱跟李天出去了。"

周班的心里到底是起了波澜，起起伏伏的，他合上书，快步跟上跑道上的人，一圈一圈，超过了一个又一个，不顾四周投来异样的目光，直到气喘吁吁，大汗淋漓，释放之后，心里好似空了一块。

周班放慢脚步，夏筱的身影在眼前晃来晃去，甩也甩不掉，但另一个声音又不断地提醒自己：她会背叛你，不值得！周班抹着汗水，心里搅成一团乱麻，越缠越紧，最后结成一个死结。

……

郑言回到地球的时候，发现自己坐在酒桌前，手里端着满满一杯白酒，正要一饮而尽。他愣怔了半天，酒杯里的酒晃动着，顺着杯壁洒到手上，郑言一个激灵，回过神来，心里念叨：真的回到了一年前！他环顾四周，想起了这个饭局，是为了庆祝与友建公司签订了合同，双方友情约饭。

一个声音传来："言总，怎么这么不小心，来，我给您擦擦。"一张谄媚的笑脸凑了过来，是虎子！

郑言恨不得将眼前的人千刀万剐，猛地用力挡开伸过来的手臂，怒道："一边儿去！"

虎子一愣，满脸赔笑继续道："言总，您喝多了，要不小弟替您喝？"

郑言冷冷地看着眼前人，暗自骂自己：身边居然有这类人，也是傻得可以了！

"好，你喝！"酒杯"啪"的一声落到地上，空气一下子凝固了，落针可闻。

"喝呀！"郑言用猩红的眼睛盯着虎子，好似饿狼盯死了猎物。

"这怎么喝？"虎子尴尬，讪讪一笑。

"没法喝？趴地上，喝！"最后一个字是从郑言的牙缝里挤出来的。

本来愉快的氛围，降到冰点。友建公司负责人有些尴尬，难道郑言真的喝多了？"言总，给个面子，要不然，让他连干三杯？"

郑言理智回笼，微微一笑道："果真是喝不了酒了，见笑了，那就听李总的，把这一瓶干了。"

看着面前还没打开的一瓶酒，虎子有点反胃，也是丈二和尚，平日里，郑言待自己如亲兄弟一般，这冤大头今天这是怎么了？看这架势……喝吧！他暗自骂了一句：郑言，你等着！

虎子面色不变地赔笑，拿起酒瓶，开启后，"咕咚咕咚！"一半下肚，停顿一会儿，他的胃里火烧火燎。等待的声音没有传来，没人叫停，虎子猛一咬牙，酒瓶底朝天。李总率先鼓掌，敷衍道："小伙子，前途无量！"这一篇算是翻了过去。

郑言胃病严重，不能喝酒的消息，传遍商界，虎子化身郑言的胃，来者不拒，酒局饭局都少不了他的身影。虎子每天在酒里泡着，再好的身板也架不住，身体喝出了问题，在医院足足待了一个月，再回到言氏集团时，已经没有了他的位置。

虎子找到郑言，一把鼻涕一把泪地苦苦哀求，郑言这才松口，将他安排到一处工地监工，且暗地里把工地负责人叫到办公室，美其名曰，要锻炼虎子，锻炼的最高境界就是让他自动滚蛋。

短短半个月，虎子顶着一张漆黑的脸，颓废地敲开总裁办公室的门，直接跪爬到郑言脚下，哭嚎道："大哥，请让我死个明白。"

郑言盯着虎子，许久，双方眼神相碰，虎子一个激灵，总感觉眼前的郑言仿佛换了个人，说不出哪里不对劲，反正就是变了！

"你不明白？我看你明白得很！我身边不养狼，你走吧！"郑言微眯双眼道。

虎子缓缓起身，轻嗤一声。"哼！郑言，你很好，我这么多年鞍前马后，就落得这样的下场，哼，咱们走着瞧！"他起身离开，门砰的一声被关上了。

郑言坐回到椅子上，往后一靠，闭目养神。

郑言回到家的时候，儿子跑过来，被他一把抱起，芳芳看着嬉闹的爷俩，叫道："洗手吃饭了。"安安吃饭很是乖巧，和妻子很像，温柔恬静。

芳芳见他放下碗筷，轻声问道："这几天怎么没看见虎子？"

"嗯！他辞职了。"

"辞职了，为啥？"

"别问了，就当没这个人。"

郑言觉得扫兴，一个垃圾扫出去了，清净了不少，只是这酒局饭局，有些头疼，能拖就拖吧！

第十八章　恋人分手 兄弟重逢

　　周班全身心地投入学习中，成绩在班级遥遥领先，橱窗里优秀学生栏里的照片，周班阳光、帅气。夏筱找过他几次，他都以学习紧张为由搪塞过去，李天倒是勤快，隔三岔五请吃饭、送礼物，极大地满足了少女的虚荣心。

　　可是，心底深处青葱懵懂的初恋，如一条沟壑，深不深，浅不浅，在那横亘着，怎么也填不平。每每想起，夏筱心底还是泛着苦涩，她决心努力一把！

　　十月的天气，说热也热，说凉也凉，中午骄阳似火可以穿半袖，傍晚凉风习习就得披风衣。野地里沉甸甸的果实，悄悄收了锋芒，叶子由厚重变得单薄，枝丫在风中颤抖，略显瘦削。

　　对于高三的学子来说，眼中早已没有了季节更替，他们在题海中挥汗如雨，一笔一笔地用力描绘着梦想，终有一天他们会破茧成蝶，振翅高飞。

　　又是周末，周班趁着中午回家，阳光暖洋洋的，映着妈妈疲惫的笑脸。大男孩挽着妈妈的胳膊，略带撒娇道："妈，我想吃酸菜饺子。"

　　"做好了，这就下锅。"妈妈感觉儿子又长高了不少，自己果真是老了！

　　"周班！"随着清脆的声音传来，一个火红的身影从屋里飞出，是夏筱！周班吃了一惊，还没出声，妈妈的眼睛笑成一条缝，说道："是我叫点儿来的，和你一样，她也爱吃酸菜饺子。"

三人进屋，一居室的屋子，又被小卖部占去一半，显得十分狭小。周班吃着饺子，失去了往日的味道，吃完，他嘴一抹，就要返回学校。

妈妈拽他进里屋，说道："班儿，明天啥日子，你是不是忘了？给你，去给点儿买个礼物，别舍不得花钱。"妈妈把钱塞进周班的衣兜，紧紧按住，不容周班反驳。周班低头，正好看到妈妈的头顶，几根白发倔强地挺立着，如同她的性格。

"妈！"周班的嗓音有些沙哑。

"孩子，听话！"妈妈攥住他的手，手上的老茧磨着周班的心，硬生生地疼。

"嗯！"周班不敢回头，和夏筱一起回了学校。

其实，每年夏筱的生日周班都记得，青春的萌动刚一冒头，便开始送礼物，小到一个发夹，大到——好像大不到哪去！高中之后，虽然只是百八十块的小饰品，却是周班精心挑选的，送出去的是少年一颗滚烫的心。

周班最喜欢看的，是收到礼物时夏筱眼中的星光，璀璨如星河。不知何时起，少女眼中的星河浅了、淡了，少了光芒。

周班独自在街上溜达，掏出钱，数了又数，五百块！自己一个月的伙食费才四百块，妈妈开着小卖部，勉强维持着娘俩的生活。

生活！生活！生生地活着！

周班攥紧钱，咬咬牙，买了一个月牙形小玉坠，卖东西的大叔说是玉的，假一赔十。周班用一根红绳串好，掏出一百块递给大叔，剩下四百元正好够下月的饭费。大叔倒也慷慨，送了一个精致的小盒子，档次一下就上去了。

第二天中午，食堂吃饭时，周班悄悄地把礼物送出去，浅浅说了一句：生日快乐，便没了下文。

下了晚自习，同学们一身疲惫地回到宿舍，周班基本上是最后一个离开教室的，他出了教学楼，发现练习题忘拿了，赶忙回教室去取。

昏暗的灯光下，楼道里出现两个人影，把周班吓了一跳。两人离得很近，低声说着什么，其中一个女孩的身影再熟悉不过，是夏筱！周班条件反射地躲到阴影里，夏筱手里攥着一个盒子，先一步离开，李天插兜跟在身后。直到脚步声再也听不到了，周班没去教室，直接回了宿舍。

宿舍熄灯之后，室友们的小手电一个个地悄悄亮起，人和亮光一同被被子捂得严严实实，大家奋笔疾书，满头大汗。

周班借着手电的亮光，翻动着试卷，眼珠却盯着一处发呆，思绪好似打开了九宫格，一会儿是夏筱，一会儿是妈妈，一会儿是李天，镜头忽然一转，仿佛回到了斑斑：三斑慈爱的眼神、香斑的老虎屁股、近日点的炙烤、斑鸟、红衣人、黄衣人……清晰得近在咫尺，也不知道三斑怎么样了！她应该还活着！一定要活着！

周班关了手电，从被子里伸出头，仿佛重新活了过来。他借着窗外的月光，盯着上铺的铺板，一块一块，拼接得有点勉强，很是粗糙。怎么就不能做得好看点呢？它们若是被斑斑回收了，该是另一副模样吧！

周班在斑斑走了一遭，重新来过，轨迹似乎偏离了，短短两个月，便和夏筱走到了尽头。

周班想起那个雨夜，想到夏筱的背叛，怎么就要死要活呢？天又没塌！如今想想，那场景，有点在戏斑看戏的感觉，人哪！一旦跳出那个围城，心就大了，其他都小得不值一提，唯独妈妈是个例外。

周班嘴角上扬，掖掖被角，睡个好觉，明天想来是个好天气。

夏筱将那个还算精致的盒子砸向周班的时候，食堂门口已经集聚了一群人。红绳拴着小得可怜的月牙儿，无辜地躺在地上，瑟缩着，眼巴巴地看着给它容身的盒子，斜躺在那，盒盖半张着，仿佛摊开的双手，无可奈何。

周班蹲下身，捏起月牙儿，起身，狠劲朝墙上砸去，月牙儿被砸得粉碎，连同青梅竹马，粉碎个彻底。他转身离开，身后的夏筱低声哭泣。

郑言的生意有条不紊，他少了浮躁，多了沉稳。忙碌的间隙，他会想起斑斑，不自觉地反复回放那两天的经历，总以为是在做梦。直到有一天，他遇见了老傻。

司机开车送郑言去工地视察，路过塌陷坑——煤矿挖煤造成的下陷。郑言远远望去，白茫茫的，几个大坑，各自为战，自成体系。靠近路边的水坑旁堆满了垃圾，道路的另一侧，一座山初具规模——垃圾堆放点。

郑言没有开车窗，然而一股股臭气仍旧直钻鼻孔。司机骂道："熏死人了！这鬼地方，咋就没人管？"

郑言屏气看向窗外，回道："早就传出话来，说是要治理，可是，政府也没钱啊！"

水边一个熟悉的身影一闪而过，郑言立马叫道："停车！"

"言总，在这停下？"司机蹙眉问道。

车子停下，郑言摇下车窗，探出头去，那个身影有点模糊。

"掉头，回去。"车子缓缓地在水边停下。

郑言下车，远远地瞧见一个身影坐在那，一动不动，应该是老傻。

郑言强压着冲动，正要迈步走过去，却听到两名环卫工人议论着："这傻子真是可怜！老婆、孩子都死在这坑里。哎，真可怜！"

郑言以前听说过老傻的事，孩子淹死了，老婆改嫁，后来也死了，靠捡垃圾为生，还受过几次接济，具体怎么回事，还真没细问。

"大姐，跟你打听一下，这个捡垃圾的人，他家里什么情况？"

见眼前的男人气度不凡，衣着讲究，又从豪车上下来，身份不言而喻。环卫大姐也是个热心肠，打开话匣子，就忘了开关。

"这傻子，不，这个捡垃圾的，年轻时那叫一个帅气，姓安，叫安然，和我同姓，你说凑巧不？"她自知偏了题，赶忙往回拉，继续说道："这话说起来可就长了。"

郑言站在那，静静地听着，心一阵阵地收紧。

老傻，准确地说，是安然，帅小伙一枚，高中毕业接了父亲的班，在钢厂工作，尽管三班倒，可端的是铁饭碗，不怕摔，也羡煞了不少人。还没到适婚年龄，说媒的就踏破了门槛，安然唯独对同班组的师妹玲子情有独钟，帅哥配美女，一段姻缘成就一段佳话。两人婚后幸福美满，生下一个女儿，取名安小然，一家三口甜甜蜜蜜，好日子如五月的麦田，一眼看不到头，以为定是长长久久。可是，突如其来的变故，将幸福击个粉碎。

那天，想来定是风和日丽，难得的休假，安然夫妇带着女儿踏春，便寻见了这一池春水，那时这里虽然有坑，却没有垃圾，经常有小孩子来这里玩耍。

夫妻俩坐在嫩绿的草地上，看着女儿举着小风车在春色里奔跑，红彤彤的小脸在身前身后晃来晃去。不知何时，女儿消失在视线里，随着"扑通"一声，有人大喊："有人落水了！"夫妻俩奔到水边，小风车歪斜在泥水里，停止了转动。女儿被打捞上来时，早已没了呼吸，小脸惨白。

玲子几天不吃不喝，安然痴痴呆呆地，在外人眼里他俩就是两个傻子。

都说时间是最好的创伤药，可以抚平一切，可心里的伤疤却始终无药可医。后来，安然丢了工作，窝在家里，还是玲子最先走出来，买菜做饭，按部就班，只是脸上没了笑容，家里成了冰窖。

一个家，若是有了缝隙，便再难经受风雨。缝隙大了，砖石瓦块跟着松动，妖魔鬼怪也便钻了进来。

八竿子打不着的表兄，突然对玲子关怀备至，频繁来家里走动，米面粮油送得倒是勤快，俨然成了家里的男主人。

几个月后，玲子收拾包裹，跟随表兄走了，留下安然，他变得越发痴傻。后来，玲子回来过一次，花枝招展的，哄劝着安然卖了房子，拿着钱走人了。

没了住处，安然便成了真正的傻子，垃圾桶旁、桥洞底下、茅草垛里，处处是家，又处处不是家。安然去得最多的地方就是这大坑，这个吃了他女儿的大坑。

环卫大姐说得口干舌燥，却没有停下来的意思，悲剧还在继续，被撕裂开来，鲜血淋淋。

"玲子走了，就该走得彻底，不知为何偏偏要回到这大坑里寻死。"环卫大姐有些不忍心，可是，单凭她一张嘴又能改变什么？该继续的总会继续。

不知道那天是啥天气，这个老傻，对，就是老傻，安然已经是过去式了，他又来到水边，看见一群人围着，救护车、警车闪着红灯，仿佛要吃人。

老傻喜欢清静，远远躲开，突然依稀听到"玲子"两个字，才蹭着双脚挤过去。从缝隙间瞥见躺在地上的人。老傻咆哮一声，没人听清他喊了什么，他推搡开人群，扑过去，伸出脏兮兮的黑手，哆哆嗦嗦地抚摸那张苍白的脸，浑浊的泪水冲开脸上的污垢，似决堤的洪水，滴滴答答地落到玲子的脸上，号啕声冲破天际。

从此，这坑便成了吃人坑，也成了老傻的家。

据说，玲子跟了表兄，享了几天福，时间久了，表兄本性暴露，对玲子非打即骂，玲子便死了心，循着女儿去了。

司机本来捂着嘴，满脸嫌弃，不停地踱步，听着听着，便杵在那不动了，点了根烟，发狠地抽着。

环卫大姐舔舔干巴的嘴唇，叹口气道："哎！今天不知是孩子、老婆哪个的忌日，这不，老傻又坐在那里发呆呢。"这环卫姐俩也都是软心肠，说着说着，眼圈泛红，登上三轮车走远了。

郑言注视着那个身影，干瘦、无助，乱糟糟的头发遮住了一切，遮住了所有的一切！离开斑斑三年了，这是他第一次见到老傻，他曾假想过很多个相遇的画面，却唯独没有想到这里——吃人坑。

郑言拉起老傻的时候，老傻试图甩开他的手，当浑浊的视线对上那双炙热的眸子时，老傻咧开大嘴，笑了。瞬间，老傻红了眼圈，嘴唇颤抖，挪动着发麻的双腿，起身，又一下子跌坐下去。他吸吸鼻子傻笑着，拽着郑言的手，吃力地站起来。两人都没说话，黑白分明的两只手紧握着，一只粗糙褶皱，一只光滑细长，就这样握着，久久没有松开。

第十九章　面试重逢　巧遇夏筱

树叶绿了黄，黄了落，果子青了红，红了摘，像一条条抛物线，到了最高点，自然向下，亘古不变，宿命难逃。一年又一年，人人争抢着爬上那个最高点，以为可以俯视众生，岂不知，顶峰便是坠落的开始，早晚着地，只是早晚。

一辈子也就是弹指间，更何况五年。五年里，郑言的事业蒸蒸日上，风生水起，他成了炙手可热的企业家。

只是，随之而来的饭局酒局，愁人！人往往就是这样——好了伤疤忘了疼。只喝一杯！就一杯！实在推脱不开，郑言便是这样安慰自己，有一杯，便有两杯，有了开头，便没了结尾。开始，他还找各种理由搪塞，偶然喝几杯，感觉身体还行，再加上定期体检，身体没大问题，一切顺理成章。

高楼林立，车水马龙，初升的太阳，红彤彤的，多少有些晒人。周班低头看看手机里的招聘信息，应该就是这里。毕业两年，他换了七八个工作，没有一个对口，抱着宁缺毋滥的心态，加入了面试大军。

"今天这个面试我一定要成功，总不能毕业了还要啃老。啃老？这个词极尽讽刺，妈妈的身体已大不如从前，让她关了小卖部，她又不肯，她知道儿子不易，有自己垫底，娘俩总不至于饿肚子。"周班下了决心，迈步朝大楼走去。

门卫值班室的大玻璃一览无余，里边两个人，面朝外，全副武装，很是威武。

一个矮个子出来问询，得知是来应聘的，便指点了方向，开门放行。周班越往里走，越发坚定，仿佛就该是这里。

周班思忖间，身后一个声音传来，"小兄弟！"周班一顿，又听见一声"小兄弟！"他扭头看去，警卫室的高个子开门疾步赶过来。

"小兄弟？是你吗？小兄弟。"

盯着来人，熟悉又陌生，脸部轮廓逐渐与记忆重合，"老傻叔！"周班试探道。

"真的是你！"两人同时出声。

眼前的情景，很难找到一个适合的词语。二人面对面站着，迟疑了几秒钟，周班一把抱住面前高大的身躯，哭了，孩子般哭了！老傻轻拍着周班的后背，带着泪花笑了，真像个孩子！

两个人在警卫室面对面坐着，仿佛回到了斑斑，确切地说是香斑，轻松、舒坦、自在。

阳光透过玻璃洒满了屋子，不吝啬每一个角落，两张笑脸仿佛镀了金，璀璨、夺目、生辉。

周班先开口道："老傻叔，不，该怎么称呼您呢？"

少年腼腆地挠挠头，叫了一声："叔。"

"我们都叫他安哥。"门外的矮个子适时插嘴道。

"叔，你姓安？"

"姓安，大名安然。"还是矮个子接话。

"叫啥都行，就是个称呼。"老傻笑道。

"嗯！那我叫你安叔。"

称呼有了着落，话匣子犹如蓄谋已久的洪水，决了口子，便一发不可收。

话题说到警卫的工作，老傻挺直腰板，正正帽檐，连皱纹都多了几分庄重。"这可是集团的第一道屏障，交给我，领导放心。"然后，他神秘一笑，问道："你猜，这公司的大领导是谁？"

七八年不见，老傻少了木讷，多了几分沉稳，脸上有了光泽，好像逆生长。

周班一时恍惚：难不成时光倒流了？这个念头一闪，记忆好似脱缰的野马，奔涌而出——斑斑。虽然只有两天，却是刻骨铭心，掀起惊涛骇浪。多少次出现在梦里！周班不敢想，忘不掉，总觉得就是一场梦！不知道三斑……每每思虑至此，他必是手起刀落，生生斩断，结果不敢想。

"小兄弟，说话呀！"老傻的声音再次传来。

"嗯？啥？"周班愣怔道。

"是不是担心工作的事？"

"不担心，我有信心！叔，你等我的好消息。"周班思绪回笼。

"刚才我问你，知不知道这家公司的大领导是谁，你真的不知道？"

"那大领导，咱可不认识。"

"你想想，使劲想。"老傻一脸神秘兮兮地。

周班抬头看看墙上的表，摇摇头，道："不想了，我要去面试了。""那好，你先去试试，实在不行，再想办法。"老傻多个心眼，没告诉周班，怕影响他发挥，反而适得其反。

周班从警卫室出来，进了办公大楼，和其他几个前来面试的人一同进了电梯，来到七楼。701是等候室，椅子上坐满了人，旁边还站着十几个，打眼一看，俊男靓女，只有两个职位，恐怕又要落空，周班有些忐忑。

工作人员过来，安排抽签，周班抽到九号，微微捏紧纸条，不知怎的，他对这个数字异常敏感，好似一不留神，就会被这个数字带离地球。

周班的额头有汗珠渗出，心也抽紧，他深呼吸，平复心情，却走不出数字的魔咒。

周班应聘的岗位是环保监理，感觉与自己所学的专业对口，最起码从字面上看是这样。周班在大学学习环保科学专业，这个志愿，百分百是与斑斑的经历有关。那些先进的技术，即便不能照搬，周班也希望通过自己的努力，效仿一二，至少让环境更美。这个想法，周班一直深埋心底，等待阳光雨露，生根发芽。

面试从早上八点开始，一直持续到中午，周班是九点钟出来的，看手机的时候，周班想要骂娘，该死的九，关键是还九点过九分，晚看一会儿手机不行吗？自己又被这个数字缠绕着，本来面试感觉还不错。气人不？九！九！九！他嘴里磨牙，心里乱糟糟的。

一个亲切的声音传来，把他从缠绕中生生拽出来，"小兄弟！"于是，周班又走进警卫室。

老傻，不，安然，以后就是安然了！或者说五年前，他就恢复了这个名字，其实也不叫恢复，其户口本上本就明明白白地写着"安然"二字。既然不傻了，当然老傻就是过去式了。

世间的事，就是这样，兜兜转转，一个称呼而已，反馈的却是人生不同的境遇，可笑，更可悲。

安然（还是称呼"老傻"更亲切）脸上带笑，发自内心的。"小兄弟，怎么样？录取了？"

"说是等通知，我感觉还行。"

"来，加个微信，留个电话，双保险，别再让你跑了。"

"要跑一起跑，叔，你说神奇不？那个时间那个地点，一起跑了，老天爷安排的？"

"可说不是呢！所以呀！往后余生，我要把你拴在手腕上。"老傻笑容憨憨地说道。

"小兄弟，"

"别，叔，我叫你叔，你叫我兄弟，不成笑话了，就叫我小周吧！"

"小周？不亲切呀！叫啥呢？"一个称呼而已，又为难了。

周班看着他蹙眉的样子，倍感亲切，慈祥的褶皱里晃出两个人影：妈妈、三斑。哎！魔障了。

"我妈叫我班儿，叔，你看。"

"好！就叫班儿。"称呼改了，情感瞬间突飞猛进，老傻眯眼盯着周班，越看越欢喜。

"班儿，你工作的事，包在我身上，安心等通知吧！"周班眼神异样。"你不信？等着吧！我呀，还是憋你几天，天机不可泄露。"

矮个子门卫是个热心肠，中午从食堂买了盒饭，说是庆祝他们爷俩重逢，三个人边吃边聊，很是投缘。

下午，老傻硬是拉着周班不让离开，时间指向五点，交接班之后，两人去了街边的馄饨馆，吃饱喝足，才算罢休。

老傻抢着付了钱，周班这才想起询问他的住处。"公司有宿舍，夏天空调，冬天暖气，可享福了。"

"这老板真是不错！"

"那当然，等你见了真人，就更不错了。"老傻语气骄傲且神秘。

直到周班妈妈的电话打进来，老傻才肯将周班放行。

出伏的天气，温和透彻，散去了久违的酷热，傍晚的街道开始热闹起来，人们的脸上多了几分惬意，凉爽是由外及里，惬意却是由里及外。人但凡觉得舒坦，也必是有外因的。

此刻，周班心情极好，难得地哼着小曲。工作的事姑且不提，与老傻叔的相遇，猝不及防却欣喜若狂。以往追公交车必是鸡飞狗跳，可是今天的周班，优哉游哉，看看站牌，轻轻越过，还是再走走，细细品味品味，满嘴满心的甘甜！

道路两侧，华灯初上，招牌、彩灯眨着眼，挑逗着、勾引着，毫不吝啬地将各种美好铺展开来：情侣们柔声蜜语、小孩子俏皮嬉闹、老夫妻相互扶携……在周班的眼里，世间万物皆是甜的，远街近巷，车水马龙。

走着走着，眼前的景象渐渐模糊，周班仿佛看到了那堵会移动的墙，闪着光，歪着头，冲着他笑。墙怎么会笑？确实笑了，周班听到了自己的笑声，轻如羽毛，再轻——就是那遮阳板。一个个镜头在眼前切换，香斑、慧斑、需斑、乐斑、戏斑……来来回回，反反复复，欢欢喜喜，喜喜欢欢！

原来幸福如此简单，只因为一个人，一个相处了两天的人，两天！似一粒深埋多年的种子，破土而出，疯长，疯长！

周班还是没有坐公交车，告诉妈妈，自己要晚一会儿，便继续在现实和梦境中畅游。

一个女声突破重围，传入耳朵，周班回到现实。

"高兴点，啥事都要想开喽，只要有钱，其他都是假的。"

停顿几秒，"夏筱，那家烤肉很好吃，咱们去尝尝"。

好似一枚石子投入平静的水面，激起水花，在心中荡开。周班抬头，一张熟悉得不能再熟悉的脸——夏筱。

周班顿住，两人眼神交汇，女孩的眼中有些泪光闪动，水珠在眼眶里打转，不敢动，她怕思念、痛苦会夺眶而出。

夏筱瘦了，瘦得苍白，苍白得没有生气，像个活死人。

周班的心抽搐着。"云点儿，你还好吗？"周班听到一个天外来音，缥缥缈缈，无法触及。这声音是自己的？

"好！"

夏筱凄然一笑，强按住的东西终究顺着脸颊流下。六七年不见，他还是叫了"云点儿"，她不是他的点儿吗？原来，摔碎月牙的那天，把"点儿"一并摔个支离破碎。

夏筱扯着嘴角，挤出笑，看着眼前的男孩，似有千言万语，却没再说一个字。

"喂，夏筱，你还吃饭不？回去晚了，李天又要收拾你了。"夏筱回神，拉起身边的女孩，道："我们走吧！"夏筱没有道别，利落转身，瘦削的身体好似冬日里的枯草，随时都会被狂风折断。

周班站着、站着，感觉周围白茫茫一片，无边无际，一直延伸到天边，汇成一条线，然后就什么也没有了。

第二十章　再次生病　敲定工作

郑言晚上又喝了酒，有点喝高了，司机搀扶着他进家门时，芳芳又是一声叹息，她天天嘱咐，嘴皮子都磨破了、磨薄了，可就是劝不住不长耳朵的人。

胃里一阵翻腾，随后抽搐几下，隐隐的疼痛，这种感觉有一段时间了，郑言醉了，但不糊涂，这痛感似曾相识，他惊出一身冷汗，酒也醒了大半。"芳，给我倒杯水。"郑言接过水杯，拉开床头的抽屉，拿出药瓶，吃了两粒，耷拉着头坐在床边，思忖一会儿，拨出一个电话。

第二天，郑言八点准时到了医院，张主任亲自检查。见到张主任的时候，郑言有些后悔，几年前那个胃癌晚期的诊断书，就是他的手笔，自己应该换个大夫，不吉利！可是论医术，自己还就信任他。

郑言甩开乱七八糟的想法，完成了各项检查。张主任脸上的笑容渐渐收起，轻轻地推了推鼻梁上的眼镜，左手按着一摞单子，右手机械地在桌面上摩擦，斟酌着从哪开始。

"老张，直接说吧，别绕弯。"这是郑言第二次面对这种场景，熟悉、煎熬。

"嗯！是有点问题。"

"多严重？还能活多久？"

眼镜"吧嗒"一声卡到鼻尖上，一双溜圆的眼睛从镜框上方看着郑言，错愕、不忍。

"多少年的朋友，你信任我吗？"

"你说，我就信。"

"那好，我会尽快拟定治疗方案，亲自手术。"

"还有救？不是晚期？不是只有两个月吗？"

"听我的，二三十年没问题。"

郑言以为山穷水尽，却还有柳暗花明。

于是，郑言几步上前，抓住张主任的双手，紧紧地抓着叫道："太好了！谢谢你，老张，太好了！"太好了？眼前的老张有点蒙圈，得了胃癌，要做切除手术，太好了？这是好事？老张抽出一只手，眼镜往上送送，轻咳一声，说道："估计至少要切除三分之一，不是啥好事。"

"能活着就好，活着就是好事。"郑言尴尬地笑道。

老张站在玻璃门外，目送郑言出了大门，百思不得其解，仿佛遇到了全世界最难的医学课题。

周班在家等了两天，工作的事还没等来任何消息，却等来了老傻的微信。老傻只要工作空闲，那班儿、班儿叫得如亲生一般，久别重逢的喜悦，险些被视频铃声吞没。哎！老傻叔！傻点不好吗？周班无奈，心里隐隐开始焦虑，看来"福无双至"说得没错，若是非要在这两件大事中做出选择，天平还是向老傻叔倾斜，工作吗？或好或坏，或早或晚，总会有的，茫茫人海，等一个人，恐怕要修上千百年。吃完早饭，微信里老傻又发来语音，大致意思是，今天休班，约他去公司见面。周班觉得反正自己也是闲着，就去跟这个亲叔叔聊会儿呗！

约好九点，周班放下电话，有点懊恼，八点、十点，哪怕十一点都行，就困在九里出不来了吗？九就九吧！大不了再去斑斑。想着，想着，周班不禁嗤笑：做梦去吧！睡上十天十夜，也梦不到了！他心里有点不是滋味，遗憾、失落，胸口堵得慌。

周班远远看见那个略显佝偻的身影，站在公司大门外，疾步而来，额前的一缕头发随风飘起，脸上的褶皱就这样暴露在阳光下，一道一道，是生活的沟壑，实在迈不过去，就用时间去填，填不平的，就是坎。坎堆积起来便拧成了花，拧得生疼，也要灿烂如花。是啊！生活的坎只能自己去填，这一填就是一辈子。

老傻是甜的，有过娇妻爱女；老傻更是苦的，失去了一生所爱；后来，变回安然，或许又是甜的吧！甜在哪？或许就甜在那越过的一道道坎上。

周班看着从阳光里走出来的人，笑了。

"安叔！"

"班儿，挺准时啊！"老傻拉住他说，"走，去我宿舍待会儿。"

宿舍楼干净整洁，屋子里有两张床，电视、茶几摆放得规规矩矩。老傻沏了一杯茶递给周班，两人挨着坐下。

"班儿，工作有消息吗？"老傻切入正题，问道。

"没有，估计够呛。"

"那我想想办法。"

"安叔，别费劲了，好好珍惜这份工作，最起码衣食无忧，我的事，你帮不上忙。我再去找别的工作。"

"我有办法，我认识公司的大老板。"老傻神秘兮兮地说。

"拉倒吧！你认识人家，人家可不认识你。我们一会儿出去吃个饭。我妈让我好好请请安叔。"

"吃饭不急，今天就是要来敲定你的工作。"他边说边掏出手机，划拉着，拨出一个电话。

电话响了几秒，那头接通了。

"喂！安哥，有事儿？"

"有点事，听说公司在招人？"

"是有这回事，人事部负责，哥，你问这个干吗？"

"有个大学生来应聘，不知道结果咋样了。"

"大学生，你认识？"

"不但我认识，你也认识，咱俩的熟人。"

"咱俩的熟人？"那头沉思着。

"要不，我带他去找你，七八年没见了，见到了，你肯定会很高兴。"老傻很是兴奋地说。

"安哥，公司招人，我不好干涉，若是有能力，会录取的，若是没能力，我也不好插手。这么说，能理解吧！"对方显然有些为难。

"你也不问问这人是谁，就拒绝？"老傻有些着急地追问。

停顿几秒，"好，安哥，我十一点去公司，你来我办公室吧！"

老傻高兴地挂了电话，扭头看向周班，嘴角上扬道："你叔还行吧！这可是公司大老板，趁时间还早，你猜猜他是谁？"周班将信将疑，他知道这是言氏公司，自己怎么可能认识言氏的大老板！便摇了摇头。老傻还想来个惊喜，岔开话题，聊起斑斑的事。

还没到十一点，老傻的电话响起，他接了电话，和周班一起去了办公大楼，坐电梯去了十一层，长驱直入，看来老傻不止一次来过这里。

推门进屋时，巨大的老板椅上没人，一侧的沙发上有一个人手执茶壶，将热茶正缓缓地倒入杯中。"安哥，快坐下，尝尝我沏的茶。"声音莫名的熟悉，周班的心脏猛地一颤，他收住脚步，紧紧地盯着面前的大老板。

"快坐吧！"郑言放下茶壶，拍拍身侧，顺势抬头。两人双双一怔，空气好像凝固了一般。那人突然起身，身体碰到茶几，杯子和茶壶轻微颤动着，如同两颗同样颤动的心。

"小兄弟？周班？"声音也是颤抖的。

周班感觉被什么东西定住了，僵在那，不错眼珠地盯着郑言，对，就是郑言！最先动起来的器官，是鼻子，抽搐几下，眼睛也动了，滚烫的泪珠夺眶而出，郑言鼻子发酸：哎！终究是个孩子，眼泪又来了！他双手重重地压在周班的肩头。"这些年还好吗？"声音很是酸涩。

"嗯！哥，我很好。"周班扭头去擦拭眼泪，却不想蹭到肩头的那只手，有些尴尬地笑了。

"来，坐下说。"三人紧挨着坐下。

"小兄弟，我去找过你，可惜，你搬走了。"

"嗯，房子到期，租金又涨了，我们就换了便宜的地段。"

郑言是讲义气的，尤其是对老傻和周班，那段特殊的奇遇，三人之间的情感很是复杂，实际上也最单纯。离开斑斑时，落魄的没想着去攀附权势，有权势的没有忘记落魄的兄弟。郑言遇到老傻，将其安排到自己身边，如长兄般关照他。他还多方打听，寻找周班，在这个物欲横流的时代，不说是一股清流吧，最起码也是重情重义。

三人的重逢，或许是冥冥中安排，抑或是情感的相互吸引，当你真心牵挂一个人时，千山万水，总会相逢。

话题终究回到工作上。"小兄弟，你是来应聘的？报的哪个岗位？"没等周班回答，郑言又埋怨一句，"安哥，你为何不早说来应聘的是周班？"

"这不是给你俩一个惊喜吗？你们知道吗？这几晚我都高兴得睡不着。"老傻憨憨地挠头。

胃里隐隐作痛，郑言停顿一会儿，没作声，脸色发白。

"哥，你别为难，更不能坏了公司的规矩，工作的机会有的是。"

郑言知道周班误会了，拍拍周班的手背，轻声道："没事儿，告诉我，你学的什么专业。"

"学的环保科学，想要竞聘环保监理。"

"哦！这个专业是不是受了斑斑的影响？"郑言歪头道，笑着看向周班。

"嗯！若是没有遇到斑斑，我肯定不会选择这个专业，我想通过自己的努力，改善环境，哪怕达到斑斑的十分之一，也不算白活。"

提到斑斑，三人沉默了，每个寂静的夜晚、忙碌的空当，他们都会想到斑斑，祈祷三斑安好，祈祷三斑活着。

是啊！活着就好。郑言有些懊恼，活着就好！自己为何又要作死？三斑的牺牲，换来自己的健康，自己不珍惜，就是蹂躏了三斑的付出，玷污了斑斑。他感觉自己很脏、很下贱、很无耻。

大家的情绪莫名地低落下来，只有低头喝茶的声音。

半响，郑言轻叹一声，拿出手机，却被周班按住。"哥，我还年轻，我想靠自己。"

郑言怔怔地看着眼前的年轻人，眼神中多了几分赞许，语气郑重地说："小兄弟，你要实现梦想，确实需要自己的努力，可是，我希望你能站得高一点，离梦想近一点。"接着，他拨出电话。

"言总，有事吗？"

"有点事。你们人事部的招聘有结果了吗？"

"差不多定了，我准备下午跟你汇报。"

"环保监理录取的是谁？"电话那头报了两个名字，没有周班。

郑言顿了顿，问道："有没有一个叫周班的？"

"有！"那头回应得很快，"是有这么一个人，专业对口，也有知识功底。只是，给人的感觉，怎么说呢！有点好高骛远，想法挺新奇，不太实际。"

"嗯！他排第几？"

"第三！"郑言思索着：不切实际就对了，这小兄弟看了斑斑的高科技，那心还不得高到天上去。想着，想着，他轻轻一笑。

"言总，您认识周班？"

"这样吧！多录取一个人。这个周班先放在我身边，环保那需要的话，让他两头跑。"大老总就是大老总，一句话，搞定！

老傻伸长耳朵，听着听着，咧开嘴，一拍大腿道："班儿，我就说工作的事包在我身上，没骗你吧！""来，班儿，喝茶，庆祝庆祝！"

周班有些无奈，端起茶杯，喝了一口，犹豫着，还想拒绝。郑言按住他的一只手，抢先开口道："我留下你，不只是兄弟情分，我有一个大项目，我希望看到你的能力。"

"大项目？"

"对！安哥，我知道你的伤痛，可是，我说的这个项目，与吃人坑有关。"

"吃人坑？"周班好奇地问道。

"嗯，安哥的女儿、妻子，都死在塌陷坑里。那个塌陷坑是矿区采煤造成的，周围有一个大的垃圾山。垃圾山、塌陷坑的恶臭，严重影响了周围的环境，政府下决心治理，正在公开招标，我们必须拟定出色的方案，才有机会中标。"

郑言喘口气，接着说道："其实，我也是受斑斑的影响，希望造福百姓，还百姓绿水青山，这也是党中央的决策。"政治站位一下提高到这个层面，三人都严肃起来。

"我们先去吃个饭，小兄弟，你拿出真本事，给我瞧瞧。"周班郑重地点头示意。

第二十一章　工程中标　事故发生

关于吃人坑和垃圾山的改造项目，政府迟迟没有动静，可是，周班却是忙得昏天黑地。

言氏集团正式成立了环保部，所有的工程项目，环保必须过关，针对不同的项目，环保部制定相应的环保监理方案。环保部的经理不过三十多岁，是个工作狂，有个绰号——"两必须"：必须立竿见影；必须验收过关。周班以扎实的知识功底，出奇的思路设计，崭露头角，成了"两必须"的左膀右臂。

郑言这次看人很准，对周班的信任完全超过自己。这不是谦虚，他就是不信任自己，死过一次的人，重获新生，居然还会寻死，这种人，谁会相信？于是，周班便肩负起第二个重任——重见绿水青山策划书。周班牵头，三名刚毕业的大学生一头扎进了塌陷坑，踏上了垃圾山。

深秋的天气，凉意袭人，发黄的树叶脱离了枝丫，悄无声息地飘落在地面，算是叶落归根。

车子缓缓移动，郑言坐在后排，仔细听着周班的汇报，时不时地点头。胃部隐隐的不适，提醒他所有的工作必须抓紧，张主任向他下了最后通牒，年前必须手术。郑言之所以一直拖着不肯手术，是因为他一直在等，等垃圾山改造项目的招标，他必须拿下这个项目，要用这个项目圆梦，圆他们三人的斑斑之梦。好像只有这样，他心里才会踏实，甚至用个不吉利的词——死而无憾！这四个字他从未提过，心里却临摹了无数遍，莫名地有种雄赳赳、气昂昂的悲壮之情。他觉得自己就站在易水河畔，要干一件大事，一件与金钱无关的大事。

郑言的执着，终于等来了招标会。三名年轻人翻阅的资料足以将他们埋没，他们实地考察的足迹遍布大江南北，一份策划书震惊了建筑界，不，或者是整个商界。

在招标会上，周班严谨的专业术语、大胆的创新思路、计划书中青山绿水的愿景展示，震惊了整个沧海市，言氏集团毫无悬念地中标了。

随之而来，周班，一名二十几岁的年轻人成了全市炙手可热的人物，几个大公司纷纷向他伸出橄榄枝。郑言不屑道："谁能挖走周班，我给陪嫁一个亿。"好大的口气！"小荷才露尖尖角，一亿现金立上头！"

商界传得越来越神乎，老傻听到一个个传闻后乐得鼻涕冒泡，手舞足蹈，仿佛看到一摞摞厚厚的钞票顶在周班的头上，颤颤巍巍，周班好不威风。于是，他给周班打电话、发语音，终于争取到了一个仅有半小时的聚餐。

在一个不起眼的小饭店，三菜一汤，老傻请客。

这庆功宴简单温馨，郑言难得地放松，非要喝一杯。老傻瞧见郑言脸色不太好，看上去明显瘦了许多，连忙阻拦道："兄弟，我不管别人叫你啥，我就叫你兄弟。你这小身板，可要注意保养，别好了伤疤忘了疼。我们可没那本事，让时光倒流。"郑言倒酒的手一顿，轻轻放下。如今这心态，就是可以回到生病前，怕是他也不愿意，自己最大的心愿已了，其他的已没那么重要。

"是啊！郑大哥，忙完这阵子，去医院瞧瞧吧！我看你脸色不好。"

"安哥、小兄弟，有你们真好！有一个幸福的家，不难！有患难之交的兄弟，不易！谢谢你们，让我的生命有了这份神奇的色彩。"三人都有些伤神，以茶代酒干了一杯。

郑言放下杯子，看向周班，郑重开口道："兄弟，这项工程我想交给你，它承载了我们的梦想，更是利国利民的大事，必须办好。交给别人我不放心。"

"哥，我不行，我给你打下手。"

"听哥说，还有一个大工程，必须我去，可能几个月，也可能几年。我不在的这些日子，你照顾好公司，照顾好你嫂子。"郑言明显心里有事。

老傻夹菜的手又收回来，盯着郑言道："兄弟，出啥事了？"

"没事，我确实有点累，休息不好，希望小兄弟替我分担分担。"郑言故意把语气放松。

"真没事？"这老傻是真的不傻了。

"能有啥事？这不卖个惨，想轻松几天嘛！"

周班也感觉这里有事，关心地说道："哥，有啥事，你就说，我们一起解决。"

"就是这个事，你接不接，接了，就是帮了哥的大忙。"

"哥！我——"

"啥你呀我呀的，接了，我说了算。"老傻拍板，"你年轻，禁得起折腾，就放手干吧！我和你郑大哥做后盾。"

于是，三人从沉重的话题中绕出来，仿佛翻开了崭新的一页，至少已经不傻的老傻是这样认为的。

周班压力太大，心事重重；郑言如释重负，却性命堪忧。

按照策划，青山绿水改造工程，第一步要掩埋垃圾山。垃圾山散发的恶臭，亟待解决，否则其他项目难以推进。

长年累月堆放的生活垃圾，占地十几亩，邋邋遢遢地蹲在野地里，好似一个昏睡的老人，等着人去唤醒。用不了几年，垃圾就会蔓延到公路附近，将公路和桥梁掩埋，它一旦与塌陷坑连成一片，污染就会渗入地下，这也正是政府所担忧的。

所有的机器、人员都进驻工地，轰轰烈烈的埋山运动开始了，抓钩机、吊车、运土车，穿梭忙碌。

周班头顶上的红色头盔，醒目耀眼。将垃圾山改造成人们休闲娱乐的景观山，是蓝图的第一步。万事开头难，周班知晓其艰难程度，所以，每天风雨无阻地亲自监督。一个月下来，垃圾山直径变小，高度增加，有新鲜的黄土覆上去，一切按部就班，顺利推进。

郑言住进了医院，张主任絮絮叨叨，让人头疼。

"什么事能比命重要？钱是赚不完的，若是再不手术，我也救不了你。"

郑言看着视频里热火朝天的施工现场，很开心。张主任一把夺下郑言的手机，往床铺上一扔，镜片下的眼珠冒火，仿佛要冲破镜片，喷涌而出。

郑言笑道："听你的，老张，都听你的，再让我活个二三十年。"

"哎！我只能尽力，你一直这样拖着，我也不敢保证。"

"没事，我看得开，多活少活，无所谓，我没啥遗憾了。"

"你这人，不负责任啊！老婆、孩子呢？你也不管了？"

郑言眼神黯淡了几分，叹声道："想管，管不了也没法子呀。"

老张和郑言相识已有二十几年了，脾气秉性相互了解，两人骨子里的实诚劲儿、义气劲儿很相似，只是，一个内敛，一个张扬。

"真拿你没办法。"老张习惯性地推推眼镜说着，"明天会诊，本周内手术，真的不能再拖了。"

郑言看着眼前人，老张也终究抵不过岁月的啃噬，额头、嘴角都有了皱纹，镜片也厚了几分，如同他的人品一样厚道。

事故发生的时候，施工现场是寂静的，一架架庞大的机器正在休息、沉睡。值守的五名工人在彩钢房休息，晚上八点钟，睡觉还早，于是他们天南海北地闲聊，兴致盎然。突然，"轰隆"一声，彩钢房晃动了几下，便开始下沉，紧跟着，稀里哗啦，垃圾山倾泻而下，瞬间将房子掩埋。

待救援队伍赶到现场，已是半个小时之后，市委书记亲临现场指挥。周班站在马路边，脚下便是坍塌的垃圾，那种空旷、无助的感觉席卷而来，周围的喧嚣、叫喊，好似来自遥远的天际，多希望这是一场梦啊！可残酷的现实，撕扯着周班的心，撕扯着那丰满的梦想，撕成一片片、一条条，最后什么都不剩，化作尘土，散了，没了，什么都没了！周班浑身发冷，好想躲起来，甚至希望埋在地下的是自己，要是自己就好了！

淅淅沥沥的小雨莫名地飘起，丝丝凉意使一颗凉透的心结成冰碴。慌乱间，周班拿出手机，哆嗦着打开通讯录，划拉半天，拨了出去，对方接通的瞬间，周班哭了，泪水混着雨水，模糊了双眼。

"哥！哥！"声音颤抖。

"怎么了？出啥事了？"郑言从病床上忽地坐起。

"哥，出事了，人没了，哥！"

"嗡"的一声，郑言的头脑一下被炸开，他努力稳住心神，问道："慢慢说，谁没了？"

"垃圾塌了，工人被埋了。"周班说着，声泪俱下。

郑言不知道怎么出的病房，也不记得怎么甩开了老张，直接冲出医院，扑面而来的风雨险些把他吹倒。一个瘦弱的身子，一身病号服，一直跑着，细雨在路灯下斜斜地织着，有些急促，有些匆忙，将郑言的身体拉长、缩短，甚至撕成两个。

浑身湿透的郑言赶到现场时，救援还在继续，进展缓慢。老傻也听到消息，刚刚赶到。周班嘴唇惨白，浑身湿漉漉的，老傻给两人撑了一把伞，三人并肩站在一起，仿佛回到了酒吧的那个雨夜。

郑言的状态不好，很不好，一看便知道是从医院跑出来的，两人似乎猜到了什么，都没说话。老傻将外套脱下，给他披上，一只手用力揽住郑言。"兄弟，别怕！"他安慰别人，也是在安慰自己。

市委书记黎民找到郑言，救援队长需要掌握现场情况，周班对这里再熟悉不过，介绍着彩钢房的位置、垃圾坍塌的范围。几名专业人员紧张地分析情况，很快有了结论。垃圾松动不足以埋没房屋，应该是地下塌陷引起的连锁反应，地下是采煤塌陷区，属于二次坍塌，位置正好在彩钢房下方，坍塌面积不大，而且靠近桥梁位置，如果救援及时，被困人员还有生还的可能。

黑暗中摸索的人仿佛看到了一丝微光，人们迅速行动，振作精神，紧张有序的救援工作迅速展开。然而，现实的残酷，似一瓢冷水，将刚刚燃起的希望猝然浇灭。清理垃圾困难重重，这边清理，上边下滑，清理多少，掩埋多少，魔咒般的怪圈，困住了所有人。

市委书记双眼血红，不顾形象，大声喊道："加快速度，要快，再来几台挖掘机，快！"这种情况，人们没法测算最佳的救援期，只有快，与死神赛跑，从它手里抢下五个鲜活的生命。

所有人都在雨中等待，寒气裹挟着郑言，冰冷由外到内，再由内到外，冷了个彻底，郑言哆嗦几下，胃部剧痛传来，他晃了几晃，倚靠着老傻，才没有摔倒。感觉到身上的重量，老傻低声开口道："兄弟，我送你去医院吧！"郑言嘴唇打着哆嗦，有些吃力地说："不——用。"话音落下，人也软塌塌地滑落，身下一片泥泞。

来自天际的声音传来，郑言听不清喊些什么，身子悬空、落下，然后不住地颠簸。周班紧握方向盘，紧张得发抖。老傻一只手抚摸着郑言湿漉漉的头发，抹掉他脸上的雨水，那张脸没有一丝血色，白得吓人。老傻感觉枕在腿上的头很轻，有点像自己养的那只猫。猫？猫真幸福啊！若是车里的三人都变成猫……老傻开始祈祷——变成猫，他觉得这是目前摆脱困境的最好办法。

"安哥——"声音很低，郑言缓缓睁开眼，老傻没忍住，眼泪还是湿了眼眶。"嗯！醒了？你吓死我了。"

"没事，我的身体，自己心里有数。"郑言挪动着身体，发觉不对，问道："这是去哪！"

"医院。"周班有些赌气道，"身体都这样了，你还硬撑着，不要命了？"

"哎！多活了七八年，赚了，如果可以，我想用自己的一条命去换那五条命。"车内的人都沉默了。

"停车，掉头！"郑言突然来了力气。

开车的毫无反应，"我叫你停车！"周班的脚放到刹车上，速度减下来，缓缓停下，熄了火。

视线落到那张苍白的脸上。"哥，你去了，也没用。"

"那就陪着他们五个一起死。"

"又得了胃病？"老傻开口问道。

"嗯！"

三个人沉默着，雨水敲打着车窗，顺着玻璃毫无章法地七扭八歪，你想让它成条直线，它却偏偏拐弯，难如人意啊！

"你们说，这五个兄弟还活着吗？"郑言双手插进头发里，纠结地问道。

"有希望，不过，要快。只要尽快清走垃圾，就有生还的可能，坍塌地方靠近桥洞，幸亏桥底干涸，就是盼着彩钢房下陷时，他们有空隙藏身。"

"也就是说，一靠老天爷，二靠速度。"郑言自语道。

"清理垃圾，垃圾，垃——圾。"老傻念叨着。

三人一起抬头，对！垃圾！斑斑！三人双眼放光，几乎同时闪出一个念头："找斑斑帮忙。"

周班拿出手机，时间正好是九点，他对这个数字的敏感程度，超出了其他所有东西。以往，他很害怕这个数字，如今却激动不已，摩挲着手机屏幕，想要紧紧抓住这根救命稻草！

三人出奇地默契，郑言颤抖着说道："我们试试，如果斑语不变，我们去斑斑，求斑主帮忙。"

窗外雨声淅沥，车内一片寂静，九分钟从未有过的漫长。周班率先开口说出"九点九九"，很快三人节奏一致，一瞬间，雨声小了，一股巨大的吸力裹挟着三人，车内空空如也。

第二十二章　再去斑斑

　　三人如愿地又来到斑斑。

　　这次，他们直接站在那张椭圆形桌子前，几位斑主端详着眼前的三人，面带微笑。再次来到斑斑，三人还是一如既往地狼狈，郑言一身病号服尤其扎眼，老傻反而是状态最好的一个，无论外表还是精神。

　　相互打量间，三人的思绪慢慢回笼：真的回来了！三人复杂的情绪奔腾翻涌，在体内横冲直撞，似有千言万语，却又无从开口。身侧还是那两个熟悉的黄衣人，这情景，有点恍惚，仿佛他们从未离开过，一直如此，还有点儿……恍如隔世，远得无法触及。三人晃晃头，再抬眼望去，几位斑主端坐在那，看来是真的来了斑斑。

　　三人将视线缓缓扫过几位斑主，眼神黯淡几分，没有三斑，心情一下子坠入谷底。

　　四斑最先开口道："你人，又见面了，欢迎你们。"没人应声，好似没有听到，又好似听到了，一个字一个字都听到了，连起来却不明所以。

　　黄衣人笑笑，走上前道："你人，才多久不见，就把我们忘了？"他头上的小犄随着说话晃动着，熟悉、亲切。

　　"斑主好！黄衣大哥好！"周班最先回过神来，有些不好意思地问好。

　　"快坐下吧！"椅子从地面冒出来，三人坐好，既规矩又局促。

　　"说说吧！怎么又来斑斑了？"四斑很温和，又不失威严。

郑言一身病号服，裹着一件外套，一脸病态。不等他们答话，五斑蹙眉道："你人，身体还没好？"话题有些尴尬，郑言寻思着，恨不得找个地缝钻进去。

"好是好了，是我自己作死。"

尴尬打破，有些话总要说出口，不然，就是死不瞑目，郑言拿出视死如归的架势。"不说我了，我就想问问三斑怎么样了？他俩不敢问，我死都不怕，还怕啥？三斑是我的恩人，我总要知道个结果。"他的尴尬又重了几分。

周班心里忐忑，想知道结果，又怕那个结果无法接受，既然开了头，只有继续。"对，我也想知道三斑阿姨的情况。"他如同犯人一般，等待宣判结果，逃脱不了，又渴望奇迹出现。

三人以期待的目光看向几位斑主，五斑突然笑了，笑得满脸幸福。仿佛黑云压顶，又突然晴空万里，揪紧的心猛地松开，血液畅通。真好！这种如释重负的感觉真好！

"三斑很好，就是年轻了许多。"说到自己心爱的人，他吐出的每个字都染上了色彩。

"我要去看看三斑阿姨。"周班如同一只展翅欲飞的小鸟，轻松、欢快。

幸福果真会传染，所有的阴霾散去，室外的天空也跟着明朗起来。

"黄杂斑，去叫三斑过来。"四斑开口，一名黄衣人应声离开。

世间的事向来如此，千奇百怪，千头万绪，千难万险，千变万化，千山万水，只要你信奉一个字——"善"，或者牢记两个字——"良心"。不破底线，利己利人，板上钉钉的毁灭性结束之时，或许会是凤凰涅槃的开始。

人从呱呱坠地开始，事事都逃不过谋划：吃奶、吃饭、学习、工作、娶妻、生子、赚钱、花钱……而谋划的最高境界是双赢。泉水甘居山下，吟唱巍峨的赞歌，高山则会将它高高托起，成就"飞流直下三千尺"的磅礴，这是山水的双赢；浩瀚的宇宙，繁星璀璨，太阳耀眼，月光皎洁，成就日月同辉的佳话，亦是双赢。双赢不是刻意为之，而是水到渠成。刻意为之，便少了境界：我赢，你无所谓，这是一种；我赢，你必须输，这是其二；你输，我无所谓，只要你输，这是典型的损人不利己。还有一种，我输，甘愿成就你赢，舍己为人、舍生忘死。三斑便是这最后的一种，把生留给郑言，没有谋划，甘愿牺牲。上苍怎会舍得让这样的人输呢，所以，必是双赢。

狂喜挑动着郑言和周班的每一根神经，三斑活着！真好！老傻搓着双手，夹紧双臂，既紧张又激动。

四斑微笑着，脸上的四个斑点，开出一朵花，问道："你们来斑斑，就是不放心三斑？"

这一句话提醒了三人。"斑主，我们遇到难处了，恳求斑主帮忙。"周班直接开口道。

"说说看，看看我们能不能帮上忙。"

听着周班的叙述，几位斑主面色渐渐凝重，那可是五条鲜活的生命！"好了，我知道了。我们去慧斑。"四斑打断他的话，快速起身，一行人急匆匆地赶往慧斑。

又一次靠上移动的墙，三人倍感亲切，耳边只有风声，静谧，又有些寂寥。

进入慧斑的时候，所有的人都在电脑前忙碌着。见到斑主，那名领头的红衣人迎上来，一眼瞧见身后的三人，满眼的惊喜。双方通过惊喜的眼神交流之后，切入正题，简单说明情况，红衣人坐到电脑前，飞快操作着。

"你人，告诉我垃圾山的大致方位。"

"沧海市区正南大约八公里。"

很快垃圾山全景出现在屏幕上，紧张的救援现场牵动着每个人的心。

"怎么样，跟我们的物斑有联系吗？"

"有！"红衣人抬头道，"斑主，这里属于我们的采集范围，但是，只能处理成水和氧气，实物就没办法回收了。"

"全部吸收，能容得下吗？"

"斑主，我们没必要全部吸收，只要把掩埋人的垃圾吸收，就可以救人，还不会引起地球的骚乱。"

"好，迅速调整方位，与物斑联系，马上吸收。"红衣人迅速布置，得到物班的回应，吸收垃圾很快就开始了。

离开慧斑，三人悬着的心总算着地，黄衣人带他们去见三斑。

宽阔的街道上，黄衣人身后跟着一位十来岁的小姑娘，梳着两条马尾，兴冲冲而来。双方就这样面对面地站着，那张熟悉的脸庞，稚嫩、红润，只是满是斑点。

"你人，欢迎你们，你们要见我？"小姑娘开口，声音甜甜地。

笑容也会传染，几个人都笑了，太阳暖暖的，透过隔阳板轻柔地抚摸着每一张脸。

"你是三斑？"

小姑娘"噗"的一下笑出声，说道："大家都这么叫我，我知道自己的经历，可我不记得了。三斑是斑斑的骄傲，那我就叫三斑吧！我会努力，向以前的三斑学习。"

对，是三斑！眼前的小姑娘就是三斑！郑言挺直身子，随后深深一躬，声音有些颤抖。"谢谢你，三斑，谢谢你给了我第二次生命。"周班和老傻也忙不迭地鞠躬致谢。

黄衣人笑着开口道："你人，四斑说，带你们去香斑看看，然后送你们回去。"别说，三人还真想念那些小动物了。一行人脚步轻松，靠在墙上，朝香斑而去。

三人远远地闻到花香，顿时沉醉了，躺在广场上，身心舒适，仿佛前尘往事都化作云烟。"要留在斑斑！"这个念头居然又悄悄地萌生，并开始发芽。

"走了，你人。"三斑咯咯笑道。

是啊，要走了。

起身朝竹篱笆而去，小动物们开始欢唱，喜洋洋带头跳舞，那红彤彤的苹果还在喜洋洋的手上。大头儿子一只手高高举起，大声喊道："你人，给你苹果！"老虎嘴里叼着苹果，欢快地扭着屁股，老傻伸出手去，摸摸它的屁股，老虎扭动得更欢了！

黄衣人从老虎嘴里取出苹果，递给郑言。"你人，吃了这个苹果，放心，不脏，老虎嘴里有清洗消毒装置，吃吧！"

郑言莫名地想吃苹果，接过来，大口大口地咬下去，最后只剩下苹果核。

"你人，别浪费，这也可以吃。"

"苹果核也能吃？"

"你尝尝就知道了。"

郑言试着咬了一口，果然好吃，甜甜的，细品有点酸，只两三口，便全部进了肚子。

"斑斑处处透着神奇！"周班暗自赞叹。

大头儿子、喜洋洋手里的苹果还高高地晃动着，火红火红！其他两人不舍得吃，还是留在这吧！但愿以后梦中还能看到这火红的颜色。于是，竹篱笆上，依旧有红色在跳动，如同斑斑人火热真诚的心。

三人离开香斑，宽阔的街道热闹起来，斑斑的男女老少都来看望三人，他们懂得感恩，用淳朴的话语表达深沉的情感。三人用力挥舞着手，打着招呼，靠在墙上，渐行渐远。

好天气好心情，哪哪都好！周班抬头看向近日点方向，仍然有一个圆盘挂在那，像一轮圆圆的月亮。

"黄衣大哥，那是近日点？还有危险吗？"

"对！是近日点，你们拯救了斑斑，我们世世代代都不会忘记。前段时间，慧斑将隔阳板改造升级了，有了新的突破，对近日点进行隔阳处理，悲剧不会再发生，斑斑安全了。现在之所以能看到那个圆盘，就是为了让我们记住，曾经有三个地球人，舍身护佑斑斑。我们会永远记住你们。"一席话，说得三人有点不好意思。

黄衣人接着说："你们能再次来到斑斑，也是顾念你们的恩情，斑主保留了斑语，给你们重来的机会。估计，你们回去之后，斑语就要改了，这应该是你们最后一次来到斑斑。斑斑因为你们可是破例了！"黄衣人语气很是不舍。

一旁的三斑很是安静，凝视着圆盘，仿佛看到了曾经的自己，记忆一点点地回笼，一个激灵，问道："五斑哥在哪儿？我要去见五斑。"

"三斑，你、你记起来了？"黄衣人欣喜若狂地问道。

"嗯，想起来了。"小姑娘亦是激动不已。

"你人，谢谢你们！"

"不，三斑，我要谢谢你，给了我重生的机会。"郑言赶忙应答。

"我们不要谢来谢去的，缘分也罢，磨砺也罢，都是我们必须经历的。"这样老成的话从一个小丫头嘴里说出，总是有些别扭。

"走吧！去见斑主。"

斑鸟叽叽喳喳，在树间跳来跳去，鸽子兴奋地拍打着翅膀，在上空盘旋，一切有生命的都撒着欢、放开喉咙，喜悦在斑斑上空升腾。

再次见到斑主，所有人都嘴角上扬。三斑一步步走来，十来岁的年纪，千八百岁的内心，稚嫩中透着成熟，迟疑中蕴含着坚定，似一团火焰，聚焦了无数的目光。

三斑回来了！

圆桌后边的几位齐刷刷地起身。五斑绕过圆桌，几步奔到三斑近前，看着眼前的小姑娘。

"五斑哥，谢谢，谢谢你这些日子的陪伴。"

"颖儿，你回来了，谢谢你。"五斑举起手，无名指上的戒指发着耀眼的光，与三斑颈间的项链交相辉映，满屋生辉。五斑会继续守护他的爱人，守护她长大。

三斑拒绝坐到斑主的位置，和周班几人站在一起。

看来是该回去了，尽管三人心中有着诸多的不舍。

"你人，掩埋的垃圾清理完了，那五个人还活着，你们放心吧，回去后还有很多事情等着你们，我们就不留你们了，这就送你们回去。"四斑说完，看向黄衣人。

"黄门是不能走了，等到时间、斑语、天气吻合，不知要多久，开黑门，送你人回去。"

"黑门？"这次吃惊的不只是周班三人，其他人也吃惊不小。

"斑主，从黑门出去，我们还能活着吗？"郑言想起三斑曾经说过，把他们从黑门扔出去，不管死活。

三斑咯咯笑了，说道："你人，当时怕你们不肯走，吓你们的。"笑声格外清脆悦耳。

"为你们打开黑门,又一次破了规矩,我们真是有缘啊!"四斑感慨道。

"破了规矩?什么意思?又要违反斑规?"周班听出斑主话里的意思,很是担心。

"是啊!斑主会不会挨罚?不会像三斑一样吧?"郑言也反应过来,"我们可以晚几天回去,可不能再让斑主冒险了。"

"我们不回去都行,反正这次不能听你们的了。你们不知道,这些年我一直活在愧疚里,不知道三斑的情况,彻夜难眠,那感觉真是折磨人,好不容易睡着了,就会梦到斑斑,梦到三斑回不来了,眼睁睁看着三斑变成婴儿,一点点地消失不见了。"郑言有些哽咽。

"我一个大男人,自己哭醒,那感觉,你们知道吗?"整个屋子只有郑言的哽咽声。

所有人都沉默了,死一样的寂静,仿佛一只只无形的手扼住了喉咙,不能出声,又憋得人难受。

一声轻叹,把众人从窒息中解救出来。"你人,对不起,让你们担心了,谢谢。"三斑轻轻擦拭眼角,深深地鞠了一躬。

"三斑阿姨,快起来!我不管你多大,就想这样叫。"周班双手扶住三斑,泪水不争气地流了下来。

老傻低着头,极力掩藏自己的情绪。

冥冥中的安排,总是刚刚好:这样三个内心柔软的男人,意外闯入柔软的世界,遇到一群柔软的人,周围的一切都变得柔软,软得似流水潺潺、星光点点。

郑言一席话,触动了人们内心最柔软的地方,几位斑主更是激动,等到众人情绪稳定,四斑才缓缓开口道:"你人,放心吧!三斑那样的情况不会再发生了。"

"那就好,只是到底会有怎样的惩罚,我们想知道。"郑言很执着。

"好,告诉你们,要不然你又要做噩梦了。"四斑的话打破了沉闷。

氛围轻松了许多,四斑继续刚才的话题,说道:"从黑门出去,要穿过绝缘隧道，里边没有空气，需要消耗大量的氧气，这些氧气足够斑斑生存百年。另外，为了确保你们进入黑门不会受伤，需要开启生存包系统，这个系统是慧斑最先进的技术，生存包是首次使用，你人，怎么样？是不是觉得很荣幸？"虽然四斑的语气听起来很轻松，分量却重得压人！

前世多少年的修行，换来今生与斑斑相遇！三人还想说些什么，可是，张张嘴，感觉说什么都是多余。

此时的郑言，更是感慨万分，死过一次，经历了人情冷暖，又一次被斑斑震撼：时光倒流、消耗赖以生存的氧气，为了素不相识的地球人！实在找不到合适的词来定义斑斑，唯有将这份敬重深埋心底！从心底敬重感谢斑斑，不是肉体的重生，而是精神的涅槃，自己重生了！

站在地球以外，俯视地球：忙碌者为了生存，奸猾者为了利益，病痛者渴望健康，健康者渴望财富，财富者渴望敌国……像一只只不知疲倦的陀螺，旋转、癫狂。郑言记起上小学时，语文课本里的《渔夫和金鱼的故事》，那个老太婆，住在破旧的泥棚里，身边一只破木盆，向金鱼提出一个又一个的要求，欲望之火燃尽之后，终究剩下一把灰，攥不住、抓不着。最后，老太婆面前的仍旧是破旧的泥棚、破木盆。

思绪越飞越远，似乘风而起的风筝，冲向无穷的天际，渐渐地，渐渐地，模糊成一个点，头脑里空空如也，心却被什么东西填满！

终究是要回去，那里有爱人、家人。三人整理心情，与几位斑主道别，跟着黑衣人去了黑门。

黑门守卫着球状的灰色城堡，有点像蒙古包，不过要大上十几倍，后面拖着长长的尾巴，渐渐伸入地下。

慧斑的人早早地等在门口，又是那名领头的红衣人。他上前几步说道："你人，这次不说再见，以后，相见只会在梦里了，多保重！"他转头看向周班，说道："你人，你年轻、聪明，希望通过你的努力，让地球越来越美。"周班郑重地点头。

红衣人轻轻按下黑门上的白色按钮，黑门朝两侧自动打开，里面亮堂堂的，三人跟着红衣人走进去，仿佛进入一个室内篮球场，空旷、宽敞。

一个球状物体缓缓地从地面升起，球体泛着银光，通体透明，然后静止下来，还微微颤动，有点像小孩子玩的弹力球。

"你人，这便是生存包，可以变换大小，最多能容纳上千人，里边有大量的氧气。这是斑斑遇到毁灭性灾难时，最后的逃生方案。"

一个小小的弹力球，居然超过了人类的宇宙飞船？不可思议！周班感慨着，隐隐有些失落。

"我把你们送进去，你们会进入睡眠状态，一觉醒来，你们就到家了。放心，绝对安全！"

感谢的话说多了，还不如沉默，三人盯着红衣人，很是不舍。

"你人，多保重，闭上眼睛。"

最后一眼，三人将红衣人印在脑海里，随后闭眼，心里还是紧张，感觉身子轻飘飘的，困意袭来，进入梦乡。三人做了同样的梦：自己会飞了，周围白茫茫一片。

第二十三章　癌症消失

　　三人站在车旁，对！就是周班开的那辆车，拉着郑言要去医院的那辆车。

　　雨停了，丝丝凉意袭来，一个寒战，三人果真回来了！回过神来的三人，赶忙钻进车里，确实很冷。"哥，好点了吗？我们去哪？"郑言动动肩膀，摸摸胃部，没有不适，问道："几点了？"老傻摸出手机，看看时间，十点二十八分。一个多小时，去另一个世界走了一遭，老傻觉得斑斑就是另一个世界。"去现场看看情况吧。"车速很快，几分钟便到了现场。

　　救护车头顶上的灯，像一双焦灼的眼睛，急切地闪动着。

　　眼见一名工人被抬上了车，市委书记黎民浑身湿漉漉的，挥舞着大手半蹲在塌陷坑前，不断叮嘱大家要小心。看着他的背影，后背的衣服紧贴着，肩膀却异常地厚重、挺拔。就是眼前这位大领导下决心要改写沧海市的现状，还老百姓绿水青山。

　　郑言感觉浑身有了力气，"死就死吧，在死之前，要跟着这个大官干一场，死而无憾，而不是死不瞑目"。

　　被掩埋的五个人陆续被救出，如人们期盼，也如周班所料，彩钢房下陷时形成了三角支架，将五个人护住了，可以说五人除了惊吓外，均完好无损。

　　张主任急急忙忙地赶到时，救援已经结束，郑言被硬拽着去了医院，只是，他要求手术推迟，要等事故解决、一切步入正轨后，才肯治疗。老张镜片下的眼睛瞪得像铜铃，脑袋摇得像拨浪鼓。

"没商量，再晚，神仙也救不了你。"

郑言很是无奈，这个老友实诚、认死理，关键是，真心待自己，与那些吃吃喝喝的狐朋狗友全然不同。

"老张，谢谢你，不知为啥，我感觉好多了。要不你给我一个月时间，一个月后一定手术。"

老张往上推了推眼镜，没有搭理他。

"那就二十天。二十天总可以了吧？"

眼镜吧嗒一下落到鼻梁上。"不行！"老张从镜片上方瞪着郑言怒道。

"老张，不是开玩笑，出了这么大的事，我有不可推卸的责任，必须尽快拿出解决方案，我不想留下遗憾，这个改造项目，必须做好。"

郑言顿了顿，语气越发郑重："以前，我追着金钱跑，以为有了钱就有了一切。想想，错得有多离谱。我要替沧海市的百姓除去这个毒瘤，哪怕用我这条命去换。"

老张看着他，半天没出声，把眼镜扶正。"哎！真是服了你了！给你半个月，不能再长了。"郑言起身，拍拍老张肩膀道："谢了！"

被救出的五个人在医院观察了两天后，全部出院了。

与此同时，市委成立事故处理小组，又请了地质专家进行现场勘测。这次事故，只是以前塌陷的后遗症，地下有一部分是虚空的，这次塌了个彻底，没有任何隐患了！

市委书记对救援工作的神速，很是满意，召开了表彰会。救援队长有点发蒙，当时救援陷入困境，垃圾不断坍塌下滑，根本没法施救，可突然间不知怎的，垃圾迅速减少，为救援工作赢得了时间。当第一个掩埋的人被救出时，现场欢呼声一片，队长早把心头的诡异想法抛到脑后了，人活着就好！活着就好！

一场虚惊之后，施工步入正轨。周班整日泡在工地上，人黑了、瘦了，精气神却不减。郑言把老张给的十五天，过成了一百五十天，没日没夜，亲力亲为，他不允许工程有任何瑕疵。

青山绿水改造项目，如同一个满月的娃娃，被众多人捧在手心，精心呵护，在一步步地健康成长。

郑言忙忙碌碌，高负荷运转，身体里有使不完的劲。郑言觉得奇怪，自己不是得了胃癌吗？而且还是晚期。他管不了那么多了，活着就好！将公司的大小事安排好后，郑言决定做手术，还得好好活着，他要看到塌陷坑的蜕变，要看着儿子成家立业、生儿育女。

住进医院后，老张安排他做了全面检查，不管结果如何，郑言都会坦然接受，明明不到五十岁，仿佛活了几生几世，郑言坐在病床上想起这些，觉得好笑，甚至有点好玩。

老张推门进来，手里一打单子，看不出表情。他坐下来，不错眼珠地盯着对面的人，仿佛在看一个天外来客。

郑言被盯得发毛，直接问道："怎么了？很严重？"没有应答。

"是不是要死了？还有几天？"还是沉寂。

老张开始翻看一张张单子，眼神复杂，咽了一口水，缓缓开口道："这些天，你吃过什么药？"

"药？啥药？"

"我问你呢，你是不是找了什么偏方？"

"啥偏方？你说明白点。"

老张起身，低头凑近他，"就告诉我，这半个月吃了什么药"。

"没吃，啥药也没吃，天天忙得脚不沾地，连你开的药都忘了吃。"

"你没骗我？"

"我骗你干吗？你这是怎么了？"郑言将他搡到一边，有些嫌弃。

"那可真是奇怪了！"老张也不气恼，扶扶眼镜，顺势挨着郑言坐下。

郑言觉得今天的老张很是奇怪，问道："到底怎么了？"

"太好了！郑言，太好了！"

第一次被他这样称呼，郑言更觉得不正常，很不正常！自己得了重病，还太好了？这老张大概也不正常了吧？疯了，或者傻了？接下来的动作，更是让郑言心惊不已，老张伸出双臂，紧紧抱住自己，紧到几乎透不过气来，老张的鼻子有抽动的声音，尽管他极力掩饰，郑言还是听到了！

"老张，到底出啥事了？快告诉我。"

多少年的相知相携，二人风风雨雨、大事小事一起经历过不少，郑言从未见过这样的老张。

郑言抬起右手，轻轻拍了拍老张的后背，声音有些沙哑。"说吧，兄弟，到底咋回事？我能接受。"

老张一手抬起眼镜，一手擦擦眼角，"扑哧"一声笑了。他坐直身子，眼角潮湿，嘴角上扬，道："兄弟，你不是癌！"

"不是？"郑言有点糊涂。

"不是癌？"

"对，不是，所有的检查结果都在这里，不是。"

郑言猛地抓住他的双臂，追问："真不是？"

"嗯！"

"不能啊！我以前也做了检查，不是确诊了吗？"

老张稳定了情绪，继续说道："我也不明白，原来的诊断没错，确实是胃癌晚期，你再仔细想想，吃过什么特殊的东西，或者保健品、营养品？凡是以前没有吃过的，都想想。"

"老张，你的意思是，我的胃癌好了，不是误诊，是我吃了什么好东西？"

"是！真是奇迹！好好想想，找到原因，或许癌症就有治了。"老张急切地盯着郑言，脸有点发红，大于常人的脑袋瓜由于过度兴奋，机械地抽动着。

郑言整个人都是蒙的，昏沉沉的，有点不在状态，什么也想不起来。

"慢慢想，就从你跑出医院那天开始，吃过什么？或者说去过什么特殊的地方。"

"特殊的地方？"

脑袋"轰"的一下炸开，"斑斑！去过斑斑！去了香斑，那感觉真舒服。"郑言回忆着躺在香斑、呼吸着香味的感觉，"难道那香味真能治病？对了！我还吃了一个苹果，就是老虎嘴里的那个大苹果！当时那感觉，就是莫名地想吃，而且黄衣人只给了自己一个，老傻和周班都没有"。

一切都明白了，是斑斑又一次救了自己，给了自己第三次生命！

此时，郑言的心情无法形容，他不知道怎样才能回报斑斑，突然，他急切地想去斑斑，至少要当面道谢，可是，斑斑还去得了吗？郑言无比失落，他没有重获新生的狂喜，反而很低沉、很郁闷、很失落、很沮丧、很……看着他脸上晴转多云、多云转阴的表情，老张捉摸不透：他是想起来了，还是绕迷糊了？

"喂！想起来了？"

被老张这一扒拉，郑言猛地回神应道："啥？"

"我说言总，你这气象万千的表情，是哪个意思？说说。"

"能有什么意思，想不起来了。""拉倒吧！多少年的哥们，我还不了解你？快把心里想的说出来，不然，你休想出这个门。"

"真没啥！"

郑言总不能告诉他，自己去了地球以外的世界，那样，他住的恐怕就不是肿瘤科，而是精神科了。

看着老张打破砂锅问到底的架势，郑言准备胡编。

"你说我为啥这表情，我是不敢说，怕吓到你。"

"说吧！我们做医生的，见惯了生死，没什么可怕的。"

"行，那你坐稳了，还有，就是绝对不能对外人说。"这副神秘兮兮的样子，老张真想给他几巴掌。

"那我说了，那天我在现场昏倒了，你听说了吧？"

不等老张回应，郑言继续胡说："其实，我不是昏倒，而是做了一个梦。"

"嗯！接着说。"老张面无表情地盯着郑言。

"我梦里去了一个奇怪的地方，那里的人脸上都长着斑点、梳着小辫，还会飞。两名穿黄衣服的人带我去了一个鲜花盛开的地方，让我躺在花丛里，蝴蝶啊、蜜蜂啊、小鸟啊，都围着我飞，我闭着眼，闻着花香，感觉浑身舒服，精神倍增。"

郑言停顿一下，看看老张，他还是毫无表情，也不知道是信还是不信。没办法，他继续说：

"他们还带我去了一个竹篱笆围起来的地方，竹篱笆上有十二生肖。这十二只小动物都为我唱歌跳舞，小老虎嘴里叼着一个大苹果，黄衣人把苹果给了我，这苹果的味道真好！后来，他们说送我回地球。我醒来之后，明明知道这是一场梦，可是，身体感觉好了，这些日子没日没夜地忙活，居然一点都不累，胃也没疼过。"

　　老张面部有了变化，问道："言总，还真别说，这故事编得有鼻子有眼，挺唬人。这么说，你是遇到神仙了？"

　　"不知道是不是神仙，反正从那以后，我的身体就好了。老张，你这个彻底的唯物主义者，给我解释解释，这梦是咋回事？"

　　老张摆弄着手里的几张单子，说道："你说啥就是啥吧！没病了是好事，以后饮食上要多注意，烟酒都忌了吧！你这身体经不起折腾了。"他起身，把单子扔到床上，继续说道："再观察两天，你按时吃药，没啥问题，后天出院。"

　　老张做事一向严谨，尽管所有的检查结果都正常，他还是害怕，他怕一觉醒来，郑言的情况有变。

　　被郑言刚才一通胡扯，老张有点迷糊，甚至怀疑，两个人现在就是在梦里，所有的检查结果都是一场梦。这种不真实感，让他很不踏实。他不确定，到底是现实还是梦境，还是先离开吧，看看外边有没有太阳，据说梦里是看不到太阳的。

　　老张脚步虚浮，没有回头，万一回头后发现郑言不在床上，那可……不敢往下想，赶紧开门离开。在郑言的眼里，他几乎就是落荒而逃。

　　病房里安静下来，静得仿佛全世界只剩自己，楼道里脚步声、说话声被一道门隔绝，郑言想到一个词——"与世隔绝"。这些年的奇奇怪怪经历，一遍遍地展开、合起，再展开、再合起，仿佛一幅珍藏的画卷，看了一遍又一遍，爱不释手，又小心翼翼，就当是一场梦吧，总要醒来，还有很多事要做，健康总归是好的。

　　窗外，一只麻雀在枝头跳跃，时不时地歪头，似乎也在打量着郑言，郑言笑笑：阳光真好！活着真好！

第二十四章　工程竣工

两年后，沧海市发生了翻天覆地的变化，老旧小区改造、环保不达标企业关停处理、河水清淤排污、垃圾回收处理……最令人震惊的是绿水青山改造工程，接近尾声，昔日的臭山臭水，旧貌换新颜，成为沧海市的一大景观，也可以说是标志性建筑。

工程竣工这一天，阳光明媚，和风送暖。泛绿的柳枝正在抽芽，它被不知名的小鸟踩上一脚，便会花枝乱颤。鸟儿挤眉弄眼，嬉笑着，跳到另一个枝头，那柳枝便随风抖动，妩媚招摇。

往日的垃圾山取名为"凤凰山"，寓意沧海市凤凰涅槃，淬火重生。远远望去，凤凰山身披绿衣，宛若天边走来的仙女，清纯、婀娜。与之相对应的是一潭潭碧水，它们在凤凰山脚下蜿蜒，仿佛仙女翩翩起舞的衣裙，在风中荡漾。山水和谐，映衬得如仙境一般，这一片水域便取名"仙女湖"。仙女湖、凤凰山面南背北，昂首挺胸，守护着沧海市的南大门。

轻柔的风吹起市委书记黎民鬓角的白发，又悄然放下，似乎要遮掩岁月留下的痕迹，皱纹在他的额头、眼角延伸，却被笑意轻轻托起，这里面承载着开拓者的艰辛，更是创业者的勋章！有了领头人的夜以继日、百折不挠，沧海市才有了今日的碧水蓝天。

郑言、周班站在黎民的身后，肤色黝黑发亮，身姿刚毅挺拔。眼前的浓墨重彩，正是他们用智慧与汗水描绘而成的。周班褪去了稚嫩，越发沉着稳重，一双深邃的眸子，透过山水，看向远方，他心里还有更大更远的目标。郑言轻拍他的肩膀，哥俩的默契只需一个眼神：我们继续努力！

凤凰山的观景台上人头攒动，人们要亲眼见证这一辉煌的时刻。老傻极目远眺，昔日的吃人坑，如今波光粼粼、树影婆娑。仙女湖里沉睡着他深爱的两个女人——女儿、妻子，或许她们也变成了仙女，说不定此刻正在与他相望。老傻开心地笑了。

一场小型庆功会在市委食堂举行，书记黎民自掏腰包，为大家庆功，周班和郑言一左一右地坐在书记两侧。大领导的原话是：这两人是绿水青山项目的大功臣。

席间，黎书记不断向周班询问有关环保、垃圾处理的想法。看着眼前的年轻人，他眼神中满是赞许与欣赏，甚至有些好奇：一个不到三十岁的小伙子，小脑瓜子咋有这么多新奇的点子？天马行空，又有据可循，似海市蜃楼，诱惑着你要一探究竟。书记频频点头，心里有了打算。

"言总，我想跟你要一个人。"

郑言险些被酒水呛住，怕啥来啥，这些日子他就感觉不对劲，大领导事事都带上周班，这小兄弟恐怕要飞了。

"书记，您想要谁，我知道。不过，我的公司也离不开他，您看看能不能换个人。"

他的话说得很委婉，就是不想放人。

黎民笑道："言总，你还没问我要人干啥，就直接拒绝，我怕你后悔哟。"

"书记您说，看我这兄弟能担啥重任。"

"沧海市能有今天，你们兄弟俩功不可没。可是垃圾、废物处理仍是一大难题，严重阻碍了城市发展，政府想成立垃圾处理研究所，重点是垃圾回收与再利用，变废为宝。"

"好啊！"书记话没说完，郑言便脱口而出。尴尬之后，他会心一笑。郑言决定放人，周班有了真正的用武之地。

"既然被书记撬了墙脚，我也要兑现当初的承诺，陪嫁一个亿！"

饶是见过大世面的，黎民也是一怔，问道："一个亿？"

"对，当时不是有这样一句话吗？'小荷才露尖尖角，一亿现金立上头。'我说过，谁能撬走周班，陪嫁一个亿。如今，我兑现承诺，投资一亿元，作为研究所的启动资金，以后每年投入一千万元。"

黎民激动地起身，斟上满满一杯，端着酒杯的手有些微微颤抖，郑重地说道："言总，谢谢你，我代表沧海市的老百姓，不，仅代表我自己，谢谢你。"说完，他一饮而尽。从不饮酒的黎书记被呛得满脸通红，连连咳嗽。

郑言也破天荒地倒了一杯白酒，不顾周班的阻拦，仰脖喝干。

周班有些局促地说："黎书记，我没有那么大能力，我——"

"小周，我相信你，放手去干吧！有困难来找我，出了问题，我兜着。"一只有力的大手落在周班的肩头，沉甸甸的。

第二十五章　沧海三宝

五年，说长不长，说短不短，沧海市的变化，不是翻天覆地，而是脱胎换骨。

一辆大巴车在一个大门前停下，门一侧几个烫金大字闪闪发光——沧海市垃圾宝藏转化站。端详着这几个大字，车上下来的人纷纷议论：这架势是变废为宝呀！可不是，如今，在沧海人眼中，垃圾就是宝藏！垃圾——宝藏的转变，少不了科研人员的心血与付出，周班便是领军人物。

这些年，周班带着科研小组夜以继日，为了一个数据，经历了千百次的实验和一次次的失败！接受失败，需要人们具有超乎寻常的勇气和智慧。失败是成功之母，可没人知道，多少次失败，才孕育出成功。摆在科研小组面前的不是一个难题，而是一个又一个的难题：正入万山圈子里，一山放过一山拦。单单一个垃圾分类系统的创建就花费了两年的时间，接下来是有毒有害物质的处理及废弃物变为肥料系统的研发。

五年，一千八百多个日日夜夜，周班他们实现了垃圾变废为宝的承诺。

这既是周班对自己的承诺，也是对黎书记的承诺，更是对郑言、老傻叔的承诺以及对沧海人民的承诺。

还有一个承诺，周班深埋心底，那是对斑斑的承诺，对三斑阿姨的承诺。

没人知道周班肩上的担子有多重，更没人知道他心里的压力有多大，周班抱着不破楼兰终不还的壮志，终于成功了。

五年，周班回家的次数屈指可数，结婚第二天便丢下新婚妻子，赶到研究所，女儿出生时他都没能陪在妻子身边，对家人，周班是愧疚的。可是，他对事业的狂热，已经到了忘我的境地，也只能愧对家人，自古忠孝难两全。周班感谢老天赐予了自己一位善良贤惠的妻子，她将家里料理得妥妥当当，老妈享受着天伦之乐，周班很知足。

今天，外省的考察团来参观学习，周班负责接待，因为新上任的市委书记只信任周班。

周班带着考察团逐个参观了垃圾分类装置、有毒有害垃圾处理设备、废物转化机器。

垃圾分类装置通体漆黑，庞大威武，每间隔十几米装有一个透明接头，精密的仪表显示着各种数据，透明接头下方是一个出口，连接着黑色管子，直通地下。每一个接头的外观都是一样的，看上去都很精致。主体装置的正面有一个巨大显示屏，数据不断滚动，有些晃眼。

"这是垃圾处理的主体——分类系统。"周班一身正装，帅气稳重，说起设备，双眼放光。

"中心的黑色装置对垃圾进行识别、消毒、烘干。经过每一个斑点，即透明接头，我们将其命名为'斑点'，它会自动筛选，第一个斑点能够筛选出金属物品；第二个可以筛选出木质物品，以此类推，最后两个会筛选出有毒有害的物质和不可回收的物质。"

任谁也想不到"斑点"这个词的来源，但是，周班就喜欢它。

周班边说边移动脚步，走近最后两个斑点。与这两个斑点相连的黑色管道，连接着两个庞大的机器，一个红色，一个黄色。

"输入红色装置的是有毒有害物质，它们经过无害处理，再被输入黄色装置，与其他不可回收的垃圾一并进行处理。"

周班仰头，边比画边讲解，俨然一位将军，指挥着千军万马，运筹帷幄。

"这黄色设备就是废物转化装置，所有无法回收的垃圾，在这里会变成肥料，这些肥料不同于一般的农家肥，它可以软化和滋养土壤，能够提高粮食产量。"

参观者仰视着眼前的一切，赞叹不已，当然也有人质疑。

"周总，我有个问题。"一位五十多岁的专家率先开口道。

"您请讲。"

"这里是垃圾回收、转化系统，这些垃圾将怎样储存和运输？另外，回收转化的东西去了哪里？"

周班微微点头，不愧是专家，寻根求源是他们的老本行。

"好，请大家跟我来。"

一行人转到黑色装置的背面，一个类似滑梯的斜坡依靠着主体装置，倾斜角大约七十度。

"垃圾由地下，经过这个倾斜管道输送到机器里。地下是一个大型垃圾转运站。我们沧海市分设了东、西、南、北四个中型垃圾转运点，小型垃圾转运点也有几十个。我们按照划分的区域，逐级集中收纳垃圾，再由四个中型垃圾转运点输送到这里。当然，所有的垃圾转运，都是通过地下管道完成的，我们的宗旨是城市地面无垃圾。"

"那就是说，你们的地下形成了庞大的垃圾转运体系。"

"那当然。"

专家点点头，又摇摇头，点头是肯定，摇头是自叹不如。

周班继续补充道："至于已处理的垃圾，它们也是通过地下输送完成的。"

来考察的都是行业精英，个个都被震撼了。周班不再讲解，专家们绕着几台机器，看了又看，瞧了又瞧，自知看不出什么，却又舍不得离开。

"各位专家，我们的技术要在全国推广，到时候还请各位提出宝贵建议，以帮助我们进一步完善垃圾处理系统。希望我们共同努力，让我们的国家越来越美。"

随着热烈的掌声，考察团离开了转化站。在离开之前，周班建议他们去街上走走，看看竹篱笆小卫士和特色人行道。

沧海三宝，家喻户晓，这可不是吹的。一宝当然是先进的垃圾变废为宝系统；二宝是竹篱笆小卫士；三宝是特色人行道。

一宝有点深奥，却是沧海的根，没有一宝，哪来的二宝、三宝？但最直观的却是后两宝。

我们先看看二宝——竹篱笆小卫士，说白了，它就是垃圾桶的兄弟姐妹。沧海市的街道上随处可见竹子做的小篱笆，篱笆上站着小动物，或者动画片中的角色，形态各异，活灵活现。

单就外观而言，它就吸引了众多的眼球，走进它，更是惊喜，它会主动跟你打招呼，提醒你爱护环境、不乱扔垃圾。每个小动物都有一张大嘴，垃圾就是从它们的嘴里进入地下垃圾运输系统，通过中转站，最后变废为宝。

再说说三宝——特色人行道。人们印象里的人行道，大多是由一块块地砖铺成的，或者再弄点颜色，装点装点，平平无奇。周班科研小组研发的地砖，可是举全市人民之力，凝聚了千家万户的智慧。

当时，市委发出号召，要在人行道上留下每一家、每个人的痕迹。周班在市民广场展示了他们的科研新成果——慧斑地板。

慧斑二字寓意智慧和斑点，引申为智慧允许有瑕疵，智慧无上限。

事实真的如此吗？

只有周班知道，他要在沧海印上斑斑的痕迹。因为这地板就是他从斑斑"偷"来的。再往根上捯，好像也不全对，斑斑难道不也是"偷"了地球的吗？每每胡思乱想，周班就会觉得，孔乙己老先生有句话说得很对——窃书不能算偷，顶多算是学习交流。反正这个交流的结果就是慧斑地板的横空出世。

这地板果真效仿了斑斑的地面，面向全市收集废弃塑料制品。比如，儿童塑料玩具、塑料垫、塑料板等，这些废弃的东西必须留下使用者的痕迹，市民可以画上一幅画，写上几句话，贴上贴纸，极尽所能，只要你自己觉得有纪念意义，什么都可以，前提是内容要健康积极向上的。这些东西会以另一种方式出现在大街小巷，说不定走着走着，你一低头，就看到了自己的画；一抬脚，脚下便是自己信奉的名言。一石激起千层浪，家家户户行动起来，老人孩子齐上阵，成千上万的塑料制品，载着全家人的期望，飞进研究所。

这是表层的东西，有了全市人民的支持，原材料很快到位，毫不夸张地说，这些塑料数量之多，足以将整个沧海覆盖。

可见，人民的力量不可小觑，完全可以移山填海！

收集到的塑料被送到整形车间，粘贴、压缩，切割，统一规格，一块块塑料制品由此成型。

最后一步，也是关键的一步——浇膜。

科研小组提炼出一种特殊的物质，无色无味，防滑防磨，坚固耐用，关键是对人体没有任何伤害，周班将其取名为"幻"，它如梦幻般引人遐想。浇膜便是在塑料制品外面涂上一层幻，慧斑地板便可以完美成型。只要涂上一层幻，慧斑地板就能用上五六十年。

半年时间，沧海市所有的人行道全都换上了慧斑地板。

一时间，街上人头攒动，男女老少齐上阵，把全市的人行道都走了一遍，只为寻找自家的那一块，人们在寻找的过程中也欣赏了别人的作品，很多人恨不得重来一次，自己还可以画得更好。

既然自己的作品就在脚下，那么文明出行便成为一种自觉，市民们热爱卫生的情绪空前高涨。当然，除了这些之外，地砖上还有很多文明用语，提醒人们遵守交规，争做文明市民。人行道成为一道亮丽的风景，也演变成一条条教育长廊，育人无痕，大概如此吧！

垃圾两个字渐渐淡出人们的视野，如今的沧海市天蓝水清，街道上绿树成荫，鸟语花香。

一个小姑娘扎着两条马尾辫，粉色的小裙子映衬着红扑扑的小脸，在人行道上撒着欢，叽叽喳喳地，好似一只出笼的小鸟。

"爸爸，快来，这是我画的。"小女孩蹲下，指着一幅太阳花的图案欢快地喊着。

周班笑着跟在女儿身后，看着地砖上那朵绽放的太阳花。那是女儿画的，虽然稚嫩，却向阳而生，朝气蓬勃。

女儿起身，接过爸爸手里的饮料瓶，摇晃着看向爸爸。

"爸爸，这个是不是可以喂给小老虎？"

"嗯，当然可以。"

于是，父女俩，小手牵大手，走向树荫下的竹篱笆。

篱笆上的小动物，抖动着身子，撒着欢。"投给我吧！它是我最爱吃的。"小老虎扭着屁股，嘴巴一张一合。"好吧！小老虎，我来喂你。"于是，饮料瓶便被小老虎吞进肚子。"谢谢你，爱护环境人人有责。"小老虎兴奋地摇头摆尾。

小姑娘蹦跳着，去追逐前面的蝴蝶，阳光在树叶间洒落，金灿灿的，静谧和谐。

"安爷爷，安爷爷！"小姑娘忽然叫起来，一个瘦长的身影，迎上来，一把抱住飞奔过来的小姑娘，顺势高高举起。银铃般的笑声飞上树梢，唤醒了打盹的知了，知了手忙脚乱地开始鸣叫，霎时蝉声一片！

"安叔！"周班赶紧走过来，说道，"又来做志愿者？"

老傻笑着，还是憨憨的，左手臂上的红色袖箍，在阳光下格外醒目。祖孙三代在树影间缓步而行。"安叔，我喊上郑哥，咱们仨一起聚聚。""好！"

岁月静好，幸福绵长。

第二十六章　斑斑入梦　情深意长

夕阳西下，晚霞染红了半边天，整个沧海市镀上了一层金色。

在一个不起眼的小饭店，雅间里坐着三个人。郑言一身休闲装，有点中年发福的韵味，没有啤酒肚，发福的肉都贴到了脸上，微微泛着红晕。老傻依旧不胖，皱纹不见多，却有了深度，用他的话说，那是幸福的沟壑，沟壑越深，幸福越厚。男人三十一朵花，说的便是周班，他浑身散发着成熟男人的气息，棱角分明，睿智果敢。

三人面前都放了一小杯酒，这么多年，除了三人聚会，他们在外从不饮酒，这是三人的默契，更是对郑言的监督与保护。这份天外飞来的友谊，根深蒂固，牢不可破。酒不醉人人自醉，用在此处再恰当不过，一两小酒下肚后，三人居然开始犯迷糊了。

"我想去斑斑，想当面道谢，斑斑可是给了我两次生命啊！"郑言絮叨着。

谁不想去？去看看三斑，看看香斑的小动物，看看亲切的黄衣人，再靠靠那会移动的墙……倒满第二杯酒的时候，三只手臂再难把杯子碰到一起，酒杯抖动着，酒溢了出来，眼前景物开始模糊，白茫茫一片。

三斑微笑着，坐在透明的椭圆桌子前，她已经二十几岁，格外端庄大气，只是脸上的斑点还有点多，是三斑？就是三斑！尽管不是三个斑点。其他几位斑主也含笑围坐。三人有点发蒙，这次是真的做梦了。

"谢谢几位斑主，给了我两次重生的机会，我知道是在梦里，若是不抓紧，醒了，连这个机会都没了。谢谢！"郑言抢先开口，深鞠一躬。

"是啊！三斑阿姨，我们过得都很好，斑斑的好多东西都被我搬了过来，我们沧海市现在的环境可美了，你别怪我抄袭，我就是喜欢斑斑，希望家乡变成斑斑的样子。"周班也赶紧抢话。

老傻憨憨地笑着。"再见到你们，真好！"

三个人异常兴奋，所有的细胞都叫嚣着：赶紧说！快说！没机会了！

"你人，你们好，欢迎你们来斑斑。我们彼此都很好，大家都安心了。你们去香斑看看吧。"那两名熟悉的黄衣人笑着走过来，于是，大家告别斑主，出了圆房子。

三人又一次看到了成群的鸽子，在头顶盘旋，似有万分不舍。小斑鸟在枝头跳动，叽叽喳喳，"你人，你们好！"三人伸出双手，与鸟儿嬉戏，流连忘返。

三人再次靠上那移动的墙，舒服、轻松、熟悉、不舍！但愿走得慢一点，再慢一点，可凡事总有尽头，香斑到了。

三人闻着沁人的花香，躺下，闭眼，温热的泪水顺着眼角流下。

黄衣人站在旁边，久久未动，只有轻薄的衣摆在风中颤动着。

不知过了多久，三人缓缓起身，朝竹篱笆走去，还未走近，就听到欢快的叫声，小动物们撒着欢叫着、喊着。

小老虎格外闹腾，仰头、摆尾、扭屁股，唯恐别人不注意它。郑言紧走几步，摸摸老虎头，轻声说道："谢谢你，小老虎，谢谢你救了我。""不客气了！你人，你好！"三人逐个把小动物们都摸了个遍，又去看那些动画主角。

喜洋洋和大头儿子手里依旧高举着红苹果，不停地晃动着，眼看要挣脱竹篱笆的束缚。

黄衣人走过去，接过那两个苹果，递给周班和老傻，说道："拿着吧，你俩尝尝斑斑的苹果。"他的语气不容拒绝。

三人依依难舍地离开香斑，靠在墙上，身体跟着一点点地动起来，此时，三人没有注意到，两名黄衣人的眼中已是满满的不舍。

三人有些恍惚，居然到了黑门，一个熟悉的声音传来："你人，多保重，闭上眼睛。"三人迷迷糊糊地听话，闭上眼，心里又是紧张，感觉身子轻飘飘的，困意袭来，进入梦乡。三人又做了同样的梦：自己会飞了，周围白茫茫一片。

"帅哥！帅哥！醒醒。"趴在桌子上的三人，同时睁开了眼，怎么就睡着了？服务生继续说道："几位帅哥，还需要加菜吗？"这架势是要撵人了，确实天不早了，窗外华灯璀璨。

"今天喝得不少了，我们就到这吧！"三人浑身舒畅，没有醉酒的感觉。"哥，我梦到斑斑了。"周班有点怀念那个梦。"我也梦到了。"其余两人几乎异口同声道。三人不可置信地相互看看，不是梦！

三人的视线齐刷刷地落到桌子上，果然桌上有两个红彤彤的苹果！三双手同时抚上去，苹果散发着香斑的味道，还能感受到斑斑的温度。

果真去了斑斑！

三人不知道怎么离开饭店的，他们勾肩搭背，走在人行道上。周班和郑言高举着苹果，晃着、笑着、唱着……

"啊！斑斑，宇宙之中最灿烂，啊！斑斑，星河里面最壮观！我们爱你宽容，宽容的心底充满真爱；我们爱你富有，富有的更是精神食粮。啊！斑斑，啊！斑斑，幸福的生活千金不换。"

路灯泛着橘黄色的光，身后的影子便也染上了色彩。三人的歌声悠远，载着这段神奇的经历，载着一份份厚重的真情，跨越山河，跨越时空，跨越生死。